成 长 读 书 课

Reading

心灵成长美绘版

麻雀

〔俄罗斯〕屠格涅夫 著

沈念驹 译

 中国致公出版社

图书在版编目（CIP）数据

麻雀：心灵成长美绘版 / (俄罗斯) 屠格涅夫著；
沈念驹译. —— 北京：中国致公出版社，2022
（成长读书课）
ISBN 978-7-5145-1618-0

Ⅰ.①麻… Ⅱ.①屠…②沈… Ⅲ.①散文诗 – 诗集
– 俄罗斯 – 近代 Ⅳ.①I512.24

中国版本图书馆CIP数据核字(2022)第026222号

麻雀：心灵成长美绘版 / ［俄罗斯］屠格涅夫 著
MAQUE: XINLING CHENGZHANG MEI-HUI BAN

出 版	中国致公出版社	
	（北京市朝阳区八里庄西里100号住邦2000大厦1号楼西区21层）	
出 品	湖北知音动漫有限公司	
	（武汉市东湖路179号）	
发 行	中国致公出版社（010-66121708）	
作品企划	知音动漫图书·文艺坊	
责任编辑	李 舟	
责任校对	魏志军	
装帧设计	李艺菲	
责任印制	程 磊	
印 刷	武汉精一佳印刷有限公司	
版 次	2022年7月第1版	
印 次	2022年7月第1次印刷	
开 本	875mm×700mm 1/16	
印 张	12.5	
字 数	112千字	
书 号	ISBN 978-7-5145-1618-0	
定 价	26.80元	

成长读书课
专家编委会

钱理群　北京大学中文系教授、清华大学中文系兼职教授，中国现代文学研究会副会长。主编多卷丛书《新语文读本》，长期关注中国教育问题，对中小学语文教育有精深的研究。

陈思和　著名文学评论家，复旦大学人文学院副院长，复旦大学图书馆馆长，上海作协副主席。主编《中国当代文学史教程》，荣获全国普通高校教材一等奖。

王先霈　华中师范大学文学院教授，鄂教版小学、初中语文教材主编。

孙绍振　福建师范大学文学院教授，北师大版初中语文教材主编。

格　非　著名作家，清华大学中文系教授，茅盾文学奖获得者。

徐　鲁　著名儿童文学作家，中国图书奖、国家图书奖、冰心儿童图书奖获得者。

名师讲读团

张小华 陈盛 陈维贤 曹玉明 韩玉荣
黄羽西 李智 李玲玉 李旭东 刘宏业
罗爱娥 饶永香 王耿 王静 王林
王娟 汪荣辉 万咏英 游昕 姚佩琅
曾李 张天杨

复旦附中、华师一附中、湖南师大附中、北师大附小、华中师大附小、武汉小学……
多所中小学名校，一线特级教师、教研员倾情导读，音频精讲。
百万师生课堂内外共读之书。

这是一本配有线上互动课程的课外书

"整本书阅读"课程设计

请配合本书二维码一起使用

难　　度	★★★☆（四年级上）
阅读计划	30分钟 / 天，共 7~10 天
阅读指导	这是大文豪屠格涅夫的散文诗全编，共 83 篇，挑选你感兴趣的主题进行阅读，不必按照既定的顺序，体会作者的人生哲学和心路历程。散文诗是一种独特的兼有诗与散文特点的抒情文学体裁，阅读本书的同时，可以读一读鲁迅先生的散文诗集《野草》，看看两位大文豪的作品有什么异同。
名师精讲	《屠格涅夫散文诗的三种美》
写作＆思考	《门槛》中的那位俄罗斯姑娘拥有哪些崇高的品质？《麻雀》中有许多描写动作的词，说一说你从中体会到了什么。《鸽子》一文中，作者用大量的篇幅描写暴风雨来临的情景，这样布局你觉得合理吗？

读前看一看	**名师导读**	配套导读音频，带你快速了解本书内容
阅读进行时	**笔记随心记**	让线上笔记为你记录看书心得体会
	阅读有技巧	帮你看懂作者意图，轻松读懂名家经典
读后有拓展	**听经典好书**	把名家经典装进口袋，好书随时听
	写作如有神	助你叙事饱含情节，写人鲜活生动

微信扫码
添加智能阅读助手
☆来【看书刷打卡】养成阅读好习惯
☆加入【语文同步学习群】提升语文成绩
☆看【自然动画课】探索有趣的自然知识

聆听屠格涅夫的黄昏之吟

　　如果提起黄昏，你会想到怎样的场景？是金黄辽远的阳光倾泻温柔的人间，还是夕阳无限好只是近黄昏的遗憾感叹？如果将人生比作充满惊喜的一天，那么暮年时回首往事，是否也可以把思想的云翳营造成一片盛大的晚霞呢？十九世纪俄国著名的现实主义作家屠格涅夫经历了人生的波澜壮阔，最后在人生黄昏时却归于平静，以充满哲思的笔触记录下了炽热的内心，于是诞生了我们手中这些书稿。

　　1818 年，屠格涅夫出生于俄国的一个富庶家庭，优渥的环境让他有机会接受良好的教育，大学时他选择了文学，后来又进修了哲学，这为他走上文学道路、成为一代文豪奠定了基础。虽然屠格涅夫童年幸福，生活富裕，但是并没有沾染贵族子弟的习气。相反，他用一颗真诚善良的心对待身边的人，尤其是出身贫苦的人。他常常为底层劳动者的悲惨遭遇发声，为此他创作了大量的现实主义文学作品，通过文字批判了当时的贵族阶层和不人道的社会制度，将世间百态展现得淋漓尽致。他与托尔斯泰、陀思妥耶夫斯基一起被人们誉为"俄国文学的三巨头"。

也许在同学们的印象中，屠格涅夫像是一位敢于挑战的"战士"，以笔为刃披荆斩棘，却未曾领略他内心柔软赤诚的一面，文学与哲学就像他的左膀右臂，在人生的道路上伴他同行。阅读这本《麻雀》，你将聆听他的黄昏之吟，再一次认识这位文豪。

本书共收录了屠格涅夫晚年创作的83首散文诗，这是他全部的散文诗作品。每篇篇幅短小却耐人寻味，有意味深刻的寓言日记，有稀松平常的生活小事，有以小见大的社会观察，还有生动唯美的自然风光。

他热爱大自然，开篇《对话》中阿尔卑斯山两座高峰的千年对话充满哲思，森林流水晴空雪山在灵动的文字中显得如此唯美；他对穷人极富同情心，《乞丐》中的"我"本想给予乞丐金钱却忘带钱包，虽然对乞丐报以歉意，但却给了他活下去的勇气；他对生活也不乏感性的思考，《明天！明天！》中颇有"明日复明日"之感，是对时光流逝的感叹与珍惜……

《麻雀》中渺小的鸟儿为了不让庞大的猎狗伤害自己的孩子，义无反顾地扑向猎狗。我们读来都能感受出母爱的伟大，对母亲的赞美，这其中也不乏这位迟暮老人对死亡的思考——爱，超越了对死亡的恐惧。屠格涅夫写于暮年的散文诗，仿佛是一位老人的絮絮呓语，抒情中又有语重心长的劝告，赞美中又有直面人生的豁达，这些都是他留给人们的宝贵的精神财富，值得我们从更深层次去体会和理解。他用一种独特的方式将自己对生死、对情感、对宇宙、对自然的内心感受记录下来，这些故事内容丰富，寓意深刻，以精简又富有诗意的语言带给读者美的感受，其中的哲理令人回味无穷。

屠格涅夫在《致读者》中告诉了我们阅读本书的方法：请不要一口气把这些篇什匆匆读完，那样你会觉得乏味，从而把书撂下。不过你可以零打碎敲地去读：今天一篇，明天再一篇，或许，其中某一篇会有什么东西沁入你的心腑。我们不妨试一试这个方法，选自己感兴趣的篇目开始阅读，放慢脚步，一天可以阅读多篇，也可以着重体会其中一篇，不必急于快速浏览完全书。正如我们走在人生的道路上，不必急着去追赶太阳，不妨去采撷和欣赏这漫天云霞蕴含的哲理，细细聆听屠格涅夫的黄昏之吟，然后再去追寻云层下透出的阳光。

· 听导读
· 记笔记
· 学方法
· 品经典

微信扫码

目 录

译　序

　　呈献在读者面前的是举世闻名的俄罗斯大文豪伊凡·屠格涅夫（1818—1883）的全部散文诗，共八十三篇。"散文诗"三个字在俄文中作 **СТИХОТВОРЕНИЯ В ПРОЗЕ**，意思是"用散文形式写的诗篇"。在屠格涅夫以前，俄国文坛上还不见"散文诗"这个名称，当时这种文学体裁尚不流行，也鲜有人写作这种式样的诗篇。与屠格涅夫生在同时代却比他早四十二年去世的诗人莱蒙托夫（1814—1841）曾写过类似的篇章《高加索》，但那时还没有一个正式的词汇来给这种形式的作品定名。屠格涅夫 1882 年在《欧洲导报》（一译《欧洲通报》）首次发表自己的五十一篇这种独特新颖的作品前，原先冠以 Senilia（拉丁文，意为"老年人的"，这里不妨在翻译中引申为"老年人的诗篇"）这样一个总题目，该刊主编斯塔修列维奇则将这个总题改成了 **СТИХОТВОРЕНИЯ В ПРОЗЕ**。看来他是借用了在当时法国的文学界已经流行的波德莱尔的"用散文形式写的短诗"（Poetits poems en prose）这个名称。以后俄国陆陆续续有作家和诗人用这种形式写作，于是"散文诗"（СТИХОТВОРЕНИЯ В ПРОЗЕ）的名称也定型下来，被广泛认同和接受。所以屠格涅夫是俄国文坛上创作散文诗的先驱之一。这种情形颇似我国的宋词。早在唐代，李白写了《菩萨蛮》和《忆秦娥》这两首有别于古风和近体的诗篇，唐代偶尔也有别的诗人用类似形式写诗，到五代用这种式样写作的人多了起来，并将其发展，到宋代则完全成熟，并渐臻繁荣，"词"这种新的诗歌体裁便成为宋代诗歌一种新的标志性样式，而且独占鳌头。本书中的这些篇章之所以称为散文诗，是因为首先它是诗，有诗的意境，诗的情思，诗的语言；其次，它在形式上又有别于传统的诗，比较自由，不受格律（韵脚和节奏）的限制。因此，它是不同于传统意义上的诗歌和散文的一种全新的文学式样。这八十三首散文诗都作于作者的晚年，即 1878 年至 1882 年，作者逝世前的五年间。众所周知，屠格涅夫登上文坛是从诗歌开始的。他的第一篇正式发表的诗篇，是刊登于 1838 年《现代人》第一期上的《黄昏》。后来不断有新的诗作产生，其诗歌创作的时间跨度约十年，即 1838 年至 1847 年，计有抒情诗四十二首，叙事诗四部。此外他还翻译了一些外国诗人的作品。如果把他十六岁（1834年）读大学时所写的诗剧《斯杰诺》看作文学活动的起点，那么他的创作生涯长达半个世纪。诗歌创作的十年在五十年中所占的比例并不大，使他享誉世界文坛的也不是他的诗歌，而是小说，尤其是《罗亭》《贵族之家》《前夜》《父与子》《烟》《处女地》六部长篇与《阿霞》《初恋》《春潮》等中篇名著，以及使他一举成名、具有特写性质的短篇小说集《猎人笔记》。他晚年所写的散文诗则在小说之外另辟蹊径，给人以耳目一新的感受，因而受到普遍的欢迎与赞誉。

十九世纪五六十年代是屠格涅夫创作的鼎盛时期，他的大部分重要作品都是在此期间完成并发表的。虽然他长年侨居国外，却经常回国，一直和国内社会及文学界保持着密切的联系，无时不在关注国内重大的社会问题，所以他的长篇小说和重要的中短篇小说能与俄国的社会生活密切相关。这就是屠格涅夫虽然身居国外，却能写出纯俄罗斯名著的原因。然而到了晚年，他回国的次数逐渐减少，随着身体的衰老和疾病的加重，后来几乎不可能回国了。远离祖国和对国内情况了解的日渐减少，使他的创作受到限制。这可以 1876 年完成，次年 1 月发表的最后一部长篇小说《处女地》为例。这是一部表现民粹派革命者"到民间去"运动的小说，一发表就引起了争议，官方检查机关固然对它指责和刁难，作者的朋友和同情者也对小说多有责难，认为革命青年的形象写得苍白无力。作者自己也感觉到了这一点，在 1877 年写给斯塔修列维奇的信中，他承认如果经常远离俄国，那就别想写出它最本质的方面来。其实屠格涅夫的六部长篇中，从第三部《前夜》开始，就遇到了相似情形，每发表一部便引起争议。不过作家并未因此搁笔。对他来说，文学创作是他的生命，只要一息尚存，便要写作。事实证明，直至临近逝世（1883年9月3日）前的8月份，他还把一生中最后一个短篇《尽头》用口授的方式让自己的好友维亚尔多夫人记录下来。也正是在生命的最后几年里，屠格涅夫尝试着用一种独特、新颖而困难的形式，把自己对往事的回忆，对生活、爱情、友谊、生死、美丑、宇宙、大自然和世态人情的感受，把思想中瞬间闪现的火花，都记录下来。他并不打算将这些文字拿去发表，只是偶尔读一两篇给朋友听听，借以交流心声。这就是他的散文诗产生的背景。

在作家逝世的上一年，即1882年，斯塔修列维奇到巴黎郊外布日瓦尔的别墅去看望屠格涅夫，作家便把自己的散文诗给他看。斯塔修列维奇劝说屠格涅夫将它们在他的杂志上发表。这就是后来在当年12月号的《欧洲导报》上首批刊登的五十一篇散文诗。屠格涅夫用这个源自拉丁文的语汇 Senilia 作为这些诗篇的总题，我们不妨译作"白头吟"。需要说明的一点是，屠格涅夫交给斯塔修列维奇的五十一篇散文诗原先包括《门槛》，发表时被换成了另一篇，即《生活准则》，其原因是斯塔修列维奇看到了《门槛》犀利的思想内涵，为了避免在书刊检查机关遇到麻烦，根据屠格涅夫的要求，抽去了这一篇，用《生活准则》来替代。作家写作《门槛》的直接动因是民粹派女革命家扎苏利奇于1878年1月24日开枪行刺彼得堡市长特列波夫而受审的案件。扎苏利奇于1868年加入民粹派，后来成为俄国社会民主工党成员。自1903年起成为孟什维克主义者。不过《门槛》中少女革命家的形象绝非扎苏利奇的简单再现，而是具有广泛的概括和象征意义。这个诗篇影射了1877年发生的多起政治案件，这些案件表明俄罗斯妇女已大量地参加日益高涨的革命运动。诗中少女为了信仰而甘愿牺牲一切的精神力量至今仍然鼓舞着人们。《门槛》的公开问世是一年以后的9月27日，屠格涅夫的葬礼上。民粹派革命家散发了纪念作家的传单，同时散发的还有印制精美的《门槛》。屠格涅夫的第二批散文诗直到1930—1931年才公开发表，那时作者逝世已近半个世纪了。

　　屠格涅夫的散文诗寓意深刻，内容丰富，充满哲理。这八十三篇作品没有一个统一的主题。从他给首批发表的五十一篇所加的Senilia这一总题看，暮年咏叹占有一席之地。到垂暮之年，远离故国、无家无室的作家感受到了孤独与病痛的折磨，一如他1872年发表的中篇小说《春潮》的开头所描写的："……倏然之间想不到老之将至了，随之而来的是那不断增长、吞噬一切、消耗一切的对死的恐惧……临终以前会出现虚弱无力，多病多痛……

就像铁器生锈一样。"对既往岁月和人生的思索不时地浮上他的脑际，于是老年人的沉思、感慨、回忆、幻觉和梦境，便自然而然地在他的散文诗里表现出来。像《老婆子》《老人》《大自然》《我会怎么想》《哦，我的青春！哦，我青春的容颜！》《沙漏》《我在夜间起床……》等篇，非常真切地再现了作家这一时期的心路历程。当然，屠格涅夫散文诗的丰富内涵远非"白头吟"三个字所能概括。它涉及的面非常广泛，对爱情、友谊等美好感情的讴歌，对忠贞不渝、自我牺牲等高尚情操的赞美，对世道人心鞭辟入里的剖析，都在诗中生动地表现了出来。

散文诗是屠格涅夫留给人类的宝贵精神财富，其深刻的哲理内涵给读者以隽永的回味。其中一些名篇如《麻雀》《门槛》《鸫鸟》《鸽子》《留住！》等，更是脍炙人口，令人百读不厌，不忍释卷，有的还编入了中小学生的教科书。

屠格涅夫散文诗在我国早有多个译本行世。笔者之所以不自量力地再将它译成中文，实在是受阅读原作时涌动的心潮所驱使，绝无也不敢与其他译文一决高下的意思。我所依据的是原苏联国家文学出版社1976年版单行本《屠格涅夫散文诗》，还对照了该社1956年版12卷本《屠格涅夫文集》第八卷，并从该卷后面的编辑部注释中了解到一些背景资料。这个译本最先于二十世纪九十年代初由河北教育出版社出版，收入该社"世界文豪书系"

的《屠格涅夫全集》，后被浙江文艺出版社收入"经典印象译丛"，再后来被漓江出版社重新出版。这次由湖北知音动漫有限公司再次出版，译者依照俄文原著对译文作了全面校订。限于自己的水平，不敢说拙译能在多大程度上传达原作的神韵，但是我努力做到认真翻译，少犯错误。谬误不当之处，尚祈方家和同行教正。

沈念驹

2022 年 3 月于厦门旅次

致读者^①

我亲爱的读者，请不要一口气把这些篇什匆匆读完，那样你会觉得乏味，从而把书撂下。不过你可以零打碎敲地去读：今天一篇，明天再一篇，或许，其中某一篇会有什么东西沁入你的心腑。

---

① 这是 1882 年首版前屠格涅夫写在散文诗誊清稿上的弁言。

第一部分

乡 村

六月的最后一天；举目四顾一千俄里之内都是俄罗斯的大地——祖国的疆域。

整个天空抹上一派均匀的蓝色，只有一朵白云悬在天际，似动非动，似散非散。微风不兴，晴光煦和……空气就如刚挤下的奶汁那么新鲜！

云雀鸣声悠扬；吃得鼓起脖子的鸽子咕咕叫个不停；燕子默默地穿梭飞掠；马儿打着响鼻，嘴里不停地咀嚼；狗温顺地轻摇尾巴，不声不响地站着。

空气中散发着烟火味，青草味——淡淡的像松焦油的气息，又有点像水果味。大麻长势正旺，散发出浓重而悦人的气息。

深深的峡谷，坡度却并不陡。爆竹柳排成数行分布在两边的坡上，它们的树冠像顶着一个个大脑袋，树干向下分裂成道道裂缝。一条湍急的溪水流经峡谷。水光潋滟，水底的小卵石看去似在瑟瑟颤动。在远方，天地合一的尽头是一条蓝莹莹的大河。

峡谷里，一边排列着整洁的谷仓和门户紧闭的小栈房，另一边排列着五六间木板盖顶的松木小屋。每间小屋的顶上高高耸立着一根杆子，上面安着一个椋鸟窝；每个门廊的上方安着一头领鬃高竖的镌刻出来的铁马。凹凸不平的窗玻璃辉映出彩虹般的光彩。百叶窗装饰着画得不高明的插花水瓶。每间小屋前整整齐齐地摆着一张完好无损的小长凳。贴外墙的土炕上猫咪缩成一团躺着，敏锐的耳朵高度警戒着。高高的门槛里面，穿堂暗幽幽的，阴凉宜人。

我铺开一件马衣躺在峡谷的边沿。周围到处是一堆堆新割的干草，清香醉人。会理家的屋主人在小屋前扬草：让干草再晒上一会儿，然后就送进草棚里贮藏起来。到那时候，在干草堆里睡觉才美呢！

孩子们钻进每一个草垛，只露出头发鬈曲的小脑袋；凤头鸡在草堆里寻找蚊蚋和小虫吃；嘴唇发白的小狗在搅乱的草堆里打滚戏耍。

几个长着淡褐色鬈发的年轻后生，穿着干干净净的衬衫，衬衫的下摆低低地束在腰间，脚着沉重的绲边靴子，胸口靠在卸了马的大车上，伶牙俐嘴地你一言我一语说笑着。

一个圆脸的年轻女子从一扇窗户里探出头来笑着：不知是因为小伙子们的说笑，还是干草堆里孩子们的嬉闹。

另一个年轻女子正用一双健壮的手从井里吊起一只湿漉漉的

大水桶……水桶抖动着，晃荡着，挂下一长串火红色的水滴。

年老的女主人站在我面前，她穿一条方格呢裙子，一双新的厚皮靴。

大空心珠穿的项链在她黝黑瘦小的脖子上绕了三圈；一块红点的黄头巾包着她的头，低低地盖在那双混浊的眼睛上。

然而那双老年人的眼睛却彬彬有礼地露着笑意：她那张皱纹交错的脸也堆满了笑意。看起来老人家已有七十开外的年纪了……即使到今天也还看得出当年是一位绝色美人！

她叉开右手五根晒得黝黑的手指，握着一罐直接从地窖里取来的未脱脂的冷牛奶；罐壁布满了小玻璃珠一般的小水珠。左手掌心里托着一大块余温犹存的面包，递给我。"随便吃吧，外地来的客人！"

蓦然间一只公鸡啼叫起来，忙不迭地扑棱起翅膀；一头拴着的小牛也慢吞吞地应声哞叫起来。

"燕麦长得真不错哇！"是我车夫的声音。

哦，自由自在的俄罗斯乡间，多么惬意、安宁、富足！哦，多么宁静、舒心！

我不由得想道：现在我们干吗还要皇城①里圣索菲亚大堂圆顶

———————————————
① 皇城指君士坦丁堡，即今土耳其的伊斯坦布尔。城内圣索菲亚大堂原为拜占庭帝国东正教的宫廷教堂。1453 年土耳其人入主后将其改为伊斯兰教清真寺。

上的十字架？还有我们这些城里人孜孜以求的一切？

1878 年 2 月

本文描写的乡村生活有什么特点？你欣赏这种生活吗？谈一谈你的想法。

对 话

　　无论少女峰[①]还是芬斯特拉峰[②]都尚无人类涉足。

　　阿尔卑斯山的群峰……崇山峻岭，起伏连绵……真是山中之山，岭中之岭。

　　明朗的淡绿色天空默然无声地俯瞰群山。寒气逼人，凛冽难挡；坚硬的积雪闪闪发光；冰封雪盖、日晒风吹的山崖上一块块威严的巨石破雪而出。

　　两座庞然大物、两位巨人巍然耸立在天宇的两边：一座是少女峰，另一座是芬斯特拉峰。

　　少女峰对邻居说：

---

① 少女峰为瑞士南部伯尔尼州和瓦莱州交界处的阿尔卑斯山的高峰，据说山峰如白衣少女，矗立于白云中，故名。
② 芬斯特拉峰系瑞士境内的阿尔卑斯山的最高峰，海拔 4274 米，山上有冰川。

"有什么新闻说来听听？你比我看得清楚。下面有些什么？"

几千年过去——一眨眼的工夫。芬斯特拉峰发出隆隆轰鸣，作出回答：

"无边无际的白云遮住了大地……等一会儿吧！"

又是几千年过去——一眨眼的工夫。

"那么现在呢？"少女峰问。

"现在看见啦；下面看上去什么都一样：花花绿绿，支离破碎。蓝莹莹的水，黑魆魆的森林；灰不溜秋的大堆大堆密密麻麻的石头。石堆附近有小东西在蠕动，你知道吗，就是那些两只脚的东西，无论你我，他们都一次也未能玷污咱们的身体呢。"

"那是人？"

"对，是人。"

几千年过去——一眨眼的工夫。

"喂，现在那里怎么样？"少女峰问。

"小东西似乎不大看得到了，"芬斯特拉峰隆隆作响，"下面看起来清晰多了；水面缩小了，森林也变稀疏了。"

又过了几千年——一眨眼的工夫。

"你看见什么啦？"少女峰问。

"我们附近，就在跟前，天气仿佛晴朗起来了，"芬斯特拉峰回答说，"不过在远处，谷地里还有些斑斑点点，还有东西在蠕动。"

　　"那么现在呢？"再过了几千年—— 一眨眼的工夫以后，少女峰问。

　　"现在好，"芬斯特拉峰回答道，"到处变得整整齐齐，往哪儿看都是白茫茫的一片……到处是我们的积雪，均匀平整的冰雪世界。什么都冻僵了。现在好，安安静静。"

　　"好，"少女峰说，"可是咱们俩唠叨得也够了，老头子。该打个盹儿了。"

　　"该打个盹儿了。"

　　两座大山沉入了梦乡；永远不再说话的大地上方，晴朗的碧色天空也沉入了梦乡。

1878 年 2 月

老婆子

我在广阔的田野上踽踽独行。

我骤然觉得背后跟着轻盈谨慎的脚步声……有人跟踪。

我转过身去——看见一个矮小佝偻的老婆子，浑身裹在灰蒙蒙的破布里。老婆子只有一张脸没有裹住：一张布满皱纹的黄脸，尖尖的鼻子，嘴里没有牙齿。

我走到她跟前……她停下脚步。

"你是谁？你要什么？你是要饭的？等别人施舍吗？"

老婆子没有回答。我俯首看她，发现她眼睛上蒙着一层半透明的白糊糊的膜，或者如有的鸟类那样盖着一层翳——它们靠这层翳保护眼睛免受过强光线的照射。

然而老婆子眼上的翳不会动，所以不会睁眼露出眼珠……由此我断定她是个盲人。

"你要施舍吗？"我又问了一遍，"你为什么跟着我？"但是老婆子仍然一言不发，只是微微缩了缩身子。

我转身离开她，又继续走自己的路。

这时我又听到背后跟着那轻盈、不紧不慢，仿佛偷偷逼近的脚步声。

"又是这个女人！"我不由想道，"她干吗缠着我不放？"但是我心里又想道："也许她因为双目失明迷了路，现在凭听觉跟着我的脚步走，好走出这地方到有人的去处。对，对，是这么回事。"

然而我的思绪渐渐被一种奇异的不安所左右：我开始感觉到老婆子不只是跟在我后面走，她还在为我指引方向，她推着我时而向右，时而向左，而我却在身不由己地服从她的指引。

不过我还是继续赶路……可是就在这时我前方的路上出现了一个黑洞洞的坑，并且渐渐变大……"墓穴！"我脑子里一闪，"原来她要推我到这里去！"

我猛然向后一转身……老婆子仍然在我面前……不过她的眼睛是亮的！她睁着一双恶狠狠、怪吓人的大眼睛……一双猛禽般的眼睛……盯着我看……我凑近她的脸，她的眼……依然是那层模糊不清的薄膜，那副表情呆滞的盲人的面容……

"啊！"我想……"这个老婆子就是我的命运。正是人无法逃脱的那种命运！"

"逃脱不了！逃脱不了！好荒唐的念头！……得试一试摆脱

它。"于是我急忙向一旁朝另一个方向走去。

我走得很轻快……然而轻盈的脚步声依然跟在我背后窸窣作响，近在身旁，不紧不慢……前方还是那黑洞洞的坑。

我又转身走向另一个方向……那窸窣的脚步声还在背后，那咄咄逼人的黑点还在前方。

我犹如一头被追捕的兔子没命地奔跑，不管跑向何方，见到的还是一模一样，丝毫不变！

"别跑了！"我想，"让我来蒙她一下。我哪儿也不去了！"猛然间一屁股坐到了地上。

老婆子在我背后站定，离我只两步远。我听不见她的声音，但是我感觉到她就在那里。

我突然发现：远方那个黑点在飘移，自动向我爬来！

天哪！我向背后转过头去……老婆子正直勾勾地盯着我——一丝冷笑将那张无牙的嘴扭歪了……

"你逃脱不了！"

1878 年 2 月

狗

屋子里就我们俩：我的狗，还有我。外面狂风怒号，风雨大作，十分可怕。

狗坐在我跟前——正面望着我的眼睛。

我也望着它的眼。

它似乎想对我说点什么。它不会说话，它是无言的，它也不理解它自己——然而我却理解它。

我明白此时此刻无论在它心里，还是在我心里，都有一个相同的感觉：我们两者之间不存在任何差别。我们两者是一模一样的；我们每一个心里都有同样一团摇曳不定的小火在燃烧、发光。

死亡向那小火飞扑过来，扇动那只寒冷宽大的翅膀……

于是完结！

以后谁清楚我们每个心里究竟曾经燃烧过怎样的一团小火？

不，这不是动物，也不是人在彼此交换眼色……

这是两双相同的眼睛在相互凝视。

每一双这样的眼睛里，无论动物的抑或人的，都有一个相同的生命在胆怯地向另一个贴近。

1878 年 2 月

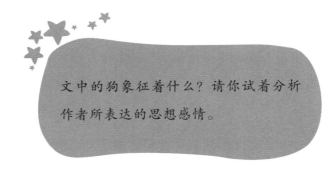

文中的狗象征着什么？请你试着分析作者所表达的思想感情。

对　手

　　有一个人既是我的伙伴，又是对手；我们既不在学业上争长论短，也不在工作上互较高低，更不在情场上角逐争斗；然而无论哪一方面我们俩总说不到一起；每当两人相逢，彼此就会争个没完没了。

　　我们什么都争：艺术、宗教、科学、今生、来世——关于死后的人生争得尤其厉害。

　　他笃信宗教，是个热性子。一次他对我说：

　　"你什么东西都要嘲笑一番；但是假如我死在你前面，我就从那个世界到你面前显灵……咱们瞧瞧，到那时你还笑不笑得出？"

　　果然他先我而去，正当英年；然而多年以后我把他的许诺，他的威胁，统统抛在了脑后。

　　一天夜里我躺在床上，辗转难眠，也不想入睡。

　　房间里半暗不明，一片昏暗；我开始向灰蒙蒙的昏暗中凝望。

突然我觉得，仿佛在两扇窗户之间正站着我的对手——悄然无声、凄凄切切地自上而下点着头。

我并不惊恐，甚至不感到奇怪……而是轻轻抬起身子，用胳膊肘支着，开始更加专注地凝视这蓦然显现的影子。

那影子继续点着头。

"怎么？"我终于开口道，"你赢了？还是心存遗憾？这算什么意思：警告还是指责？……或者说你想让我明白，你错了？咱们俩都错了？你有什么感受？是地狱的痛苦？天堂的欢乐？你哪怕说一个字也好啊！"

然而我的对手竟不吐一词——依然凄凉、恭顺地点着头——自上而下。

我笑了起来——他消失了。

1878 年 2 月

乞 丐

我正在街上行走……一个乞丐，一个年迈的老人使我停住了脚步。

一双红肿充血的汪汪泪眼，青紫的嘴唇，褴褛的衣衫，污秽的伤口……哦，贫困把这个可怜的生命折磨成什么样子！

他向我伸出一只浮肿、发红的脏手……他呻吟，喃喃地乞求施舍。

我开始搜索身上所有的口袋……既无一个小钱，也无一块表，连手绢也没有一块……我身边什么也没有带。

然而乞丐却期待着施舍……那只伸出的手无力地摇动、颤抖着。

我不知所措，难堪万分，紧紧地握住了那只肮脏而瑟瑟颤抖的手……

"别见怪，老兄；我什么也没有带，老兄。"

乞丐用他那双红肿的眼睛凝神盯着我；他那青紫的双唇露出

一丝浅笑——于是他反过来紧紧握了握我冰冷的手指。

"没关系，老弟，"他喃喃地说，"就为这一点也该说声谢谢。这也是一种施舍呀，老弟。"

我明白了，我也得到了这位老兄的施舍。

1878 年 2 月

本文对乞丐的描写，主要采用了人物描写中的哪些方法？

"请你听听蠢人的判断……" ①

我们伟大的歌手，你总是口吐真理，这一回又是你说出了真理。

"蠢人的判断和众人的嘲笑"……无论是前者抑或后者，谁未曾领教过？

这一切都是可以——而且必须忍受的；要是有人有本事——那就让他嗤之以鼻吧！

然而有些直接伤害到心头的打击却要痛得多。一个人已经尽力而为，勤奋工作，干得津津有味、老老实实……可是正人君子们见到他便鄙夷不屑地掉过头去，他们一本正经的面孔一见到他的名字竟气得通红。

"走远点儿！滚开！"正人君子年轻的声音对他吼道，"不管是你这个人，还是你的工作，对我们都毫无用处；你弄脏了我们的住所——你不了解也不会理解我们……你是我们的敌人！"

这时候这个人该怎么办？继续干他的工作，别指望替自己辩

---

① 此句引自普希金 1830 年的抒情诗《致诗人》。

解——甚至不要期望获得较为公正的评价。

从前一群农民咒骂一个旅行者，他给他们带来了可以替代面包的土豆，那是穷苦人每日必吃的食物。他们从他伸过来的两手中打落宝贵的馈赠，扔进烂泥里再踩上几脚。

如今他们以土豆为食，居然不知造福者的名字。

随他去吧！他们要知道他的名字干吗？是他，连姓名也没有留下的人，拯救他们避免忍饥挨饿。

让我们只关心一件事，但愿我们带来的正是有益的食品。

遭受你以爱相许的人的飞短流长是痛苦的事……然而就是这也是可以忍受的……

"你要打我就打吧！不过得听我把话说完！"雅典人的首领对斯巴达人的首领说。

"你要打我就打吧——但愿你健康，也不饿肚子！"我们应当这样说。

1878 年 2 月

一个心满意足的人

　　一个年纪尚轻的人连蹦带跳，在首都一条街上飞跑。他喜气洋洋，生气勃勃地迈着脚步；两眼神采飞扬，嘴角挂着笑容，动情的脸蛋高兴得通红……他浑身上下都显得心满意足和喜欣万状。

　　他遇上什么事啦？是得到了一笔遗产？晋升了官阶？他正急匆匆地赶赴与情人的幽会？或者他只是吃了一顿可口的早餐——于是他身体每一个器官都充溢着健康和精力充沛的感觉？哦，波兰国王斯坦尼斯拉夫，人们可曾将你漂亮的八角形十字架戴到他的颈上！

　　不。他编造了一个谗言中伤一位熟人，小心地巧加扩散，又从另一位熟人的口中听到了这个谗言——而且自己也信以为真了。

　　哦，这个前程无量、可亲可爱的年轻人，此时此刻是何等心满意足，甚至充满仁爱之情！

1878 年 2 月

通用的做人之道

"如果您想让自己的敌手好生尝点辣子，受到伤害，"一个老奸巨猾的人对我说，"您就用您觉得在自己身上存在的缺点和毛病去指责他。表示您的愤怒……对他痛加指摘！"

"首先，这会使别人认为您身上没有这种毛病。

"其次，您的愤懑之情甚至可能成为一种坦诚的品德……您可以借此作为对良心的自责。

"比如，您是变节分子，您就指责您的敌手没有信仰！

"如果您自己就是天生的走狗，那就指责他是走狗……是文明的走狗，欧洲的走狗，社会主义的走狗！"

"甚至可以说：是没有走狗身份的走狗！"我指出。

"可以这样说。"老滑头接口说。

1878 年 2 月

世界末日

（梦）

　　我依稀觉得自己置身于俄罗斯某地，一个偏僻的去处，乡间一所简陋的屋子里。

　　房间很大，压得低低的，有三个窗户；墙壁刷上了白色涂料；家具一无所有。房屋前面是光秃秃的一片平坦的原野；平原向远方伸展，逐渐低沉下去。清一色灰白的苍穹犹如一顶帐篷罩在平原上空。

　　我并非孤身一人；房间里连我一共大约有十个人。他们都是普通人，穿着也很一般；他们默然无声，仿佛偷偷摸摸似的，从南到北，自西向东来回走动。他们相互回避，然而又片刻不停地彼此交换着惶恐不安的眼神。

　　没有一个人知道他缘何会来到这间屋子，与他共处一室的又是何许样人。所有人的脸上露出焦灼、忧郁……所有人都一个接一个地走到窗前，仔细四下张望，仿佛在等待着来自户外的什么东西。

继而又开始往复来回踱步。有个个子不高的男孩在我们中间转来转去；他不时用轻细单一的嗓音尖声说道："爹，我怕！"

听到这种尖叫我打心眼里感到厌恶——于是我也开始害怕……怕什么？我自己也说不出。我只感觉到：很大很大的一场灾难正在降临，正在逼近。

而男孩偶尔还会发出一阵尖叫。啊，但愿能离开此地！多么气闷呀！多么难受呀！多么沉重呀！……可是要离开这里是不可能的。

这苍穹简直就如一块幕布。一丝风也没有……空气死寂了还是怎么的？

男孩冷不丁跳到窗前，依然用那个如怨如诉的嗓音喊起来：

"大家看！大家看！地陷下去了！"

"怎么？塌下去了？！"

千真万确：本来房屋前面是一片平原，而现在它却位于一座可怕的高山之巅！天穹坍塌了，开始向下跌，一堵几乎垂直的黑魆魆的陡崖，仿佛被挖开一般，正在脱离房屋向下降。

我们在窗前挤作一团……恐惧使我们的心都冰凉了。

"看哪……看哪！"我身边的一个人悄声说。

果然有什么东西开始沿远方整条地平线蠢动，有些圆形的小包开始一起一落。

"这是大海！"在同一时刻我们大家都想到了，"它马上会把我们全部吞没……但是大海怎么会变大、上升呢？升到和这陡崖一般高呢？"

然而它却正在大起来，变得巨大无比……远方已经不是一个个独立的小包在翻滚汹涌……一道铺天盖地的巨浪淹没了整个苍穹。

巨浪正在扑来，扑向我们！犹如一阵寒冷的旋风席卷而来，犹如漆黑一片的暗夜旋转不息。四周万物都开始瑟瑟颤抖，而在这汹涌袭来的庞然大物里，有的是爆裂声、雷鸣声和成千上万个铁一般声音的吼叫……

啊！何等巨大的吼叫与呼啸！这是大地因害怕而在吼叫……

大地完蛋了！一切都完蛋了？

男孩又尖叫了一声……我企图抓住我的同伴们，然而我们已经被那黑得像墨水一样、冰冷彻骨、轰隆作响的巨浪压碎、掩埋、吞没、卷走！

黑暗……无尽的黑暗！

刚转过一口气，我醒了。

1878 年 3 月

玛 莎

那是多年以前的事了，其时我在彼得堡住过一阵子，每当我雇一辆出租马车赶路，总要和车夫聊天。

我特别喜欢和夜间赶车的车夫聊天，他们都是近郊的贫苦农民。他们想让自己糊口，同时又能攒点钱向老爷交租，便带上一副涂成赭色的雪橇，驾一匹驽马来到京城。

有一次我就雇上了这样一个车夫……他是个二十岁上下的小伙子，身材高大，体态匀称，模样帅极了。蓝蓝的眼睛，红润的面颊，一顶打补丁的帽子低低地压到眉毛上，帽檐下露出一圈圈鬈曲的淡褐色头发。那件破粗呢上衣勉强能套住他巨人般的双肩。

但是车夫没有胡须的漂亮脸蛋看上去却满面愁容、闷闷不乐。

我便和他聊开了。从他的话音听得出他的满腔悲伤。

"怎么啦，兄弟？"我问他，"你为什么闷闷不乐？难道有什么伤心事？"

小伙子没有立刻回答我。

"有哇，老爷，有哇，"他终于开口了，"而且伤心透了，没有比这再伤心的了。我老婆死了。"

"你爱她……你的妻子？"

小伙子没有回过头来看我，只不过微微低下了头。

"爱呀，老爷。死了有八个月了……可我忘不了。我心里疼啊……唉！为什么要叫她死？年纪轻轻！身体又好！……害上虎列拉①，一天之内就送了命。"

"她待你好吗？"

"还用说，老爷！"可怜人深深地叹了口气，"我和她日子过得有多甜美！她死的时候我不在家。等我在这里得知她已经被埋了，我马上赶回村往家里跑。等我赶到，已过了半夜。我走进自家的茅屋，站在屋子中央，就这样轻轻地呼唤：'玛莎！玛莎！'只有蛐蛐在唧唧叫个不停。我马上哭起来，一屁股坐在茅屋的地上，手掌拍打着地面！'你这贪心不足的死神！……是你把她吃了……你把我也吃了吧！啊，玛莎！'"

"玛莎！"他突然用垂头丧气的声音又唤了一声。他没有放掉手里的缰绳，用袖子擦了把泪水，向旁边一挥，耸了耸肩，就再也没有吭声。

爬下雪橇时我多给了他十五戈比的硬币。他双手捧着帽子深

① 现称作"霍乱"。

深地向我一鞠躬，然后沿着冰封雪盖、空旷无人的街道，迎着一月份严寒的茫茫夜雾，踏着碎步摇摇晃晃地走了。

1878 年 4 月

傻 瓜

从前有个傻瓜。

好长时间他日子过得高高兴兴，无忧无虑；但是渐渐地他开始听到一些流言，说到处都认为他是个出了名的没头没脑的平庸之辈。

傻瓜觉得不是滋味，开始伤脑筋：怎么才能制止这些讨厌的飞短流长呢？

终于他顿生妙计，愁绪满怀的心头豁然开朗……于是他毫不迟疑，立即行动。

他在街上遇见一个熟人，这位熟人开始赞扬一位著名画家。

"瞧您说的！"傻瓜大声说，"这位画家早已过时，不值一提了……您连这一点也不知道？没想到您会这样……您这个人啊——悖时啦。"

熟人大吃一惊，当即表示同意傻瓜的看法。

"我今天看过一本书，真是精彩极了！"另一个熟人对他说。

"瞧您说的！"傻瓜大声说，"您说话怎么不脸红？这本书毫无可取之处，大家对它早已嗤之以鼻。您连这一点也不知道？您这个人啊——悖时啦。"

熟人大吃一惊，认为傻瓜说得对。

"我的朋友N.N.这个人可真了不起！"第三个熟人对傻瓜说，"他可是个名不虚传的高尚人物！"

"瞧您说的！"傻瓜大声说，"谁不知道N.N.是个卑鄙小人！他的所有亲戚都遭了他的抢。谁不知道这件事？您这个人啊——悖时啦！"

第三个熟人也大吃一惊，认为傻瓜言之有理，便疏远了自己的朋友。

不管别人在傻瓜面前称赞什么人，称赞什么事，他都用一成不变的几句话来反驳。

不过有时他还加上一句指摘的话：

"您难道还在迷信权威？"

"坏东西！黑心鬼！"熟人们开始议论起傻瓜来，"可是他的坏点子有多厉害！"

"还有说话多尖刻！"另一些人补充道，"哦，他其实是个天才！"

结果一家报纸的出版商建议傻瓜替他负责编辑该报的批评栏。

于是傻瓜开始对一切事、一切人指指点点，连手法和感叹的语气也未有丝毫改变。

　　尽管曾几何时他大声吆喝，反对权威，如今他自己却也成了权威，年轻人对他敬之仰之，畏之惧之。

　　然而叫这些可怜的年轻人怎么办呢？一般说来，即使不应当对他敬之仰之，但只要稍有不敬，你便入了落伍悖时者的行列！

　　对傻瓜们来说，身处胆小鬼中间才找到了安乐窝。

　　　　　　　　　　　　　　　　　　　　　1878 年 4 月

东 方 神 话

在巴格达谁不知道伟大的加法尔[①]，宇宙的太阳？

很多年以前，当加法尔还是个少年的时候，他在巴格达郊外信步游荡。

突然他耳边传来一声嘶哑的呼叫：有人在绝望地呼救。

在同龄人之中，加法尔以聪明睿智和处事周密而高人一筹；但是他富于同情，相信自己的力量。

他闻声赶去，见一个老态龙钟的老人被两个强盗逼到城墙边，他们正在对他抢劫。

加法尔拔出腰刀，向两个歹徒砍去：一个被杀死，另一个逃之夭夭。

老人得救，跪倒在恩人脚下，吻了吻他衣襟的边，高声赞叹道：

"勇敢的小伙子，你的侠义行为不会得不到报偿。看外表我

---

① 加法尔(700 或 703—765)，伊斯兰教什叶派第六伊玛目(伊玛目，伊斯兰教什叶派对其首领的称呼)。

是个可怜的乞丐，但这只不过是外表而已。我并不是等闲之辈。明天一大早你到中心市场来；我在喷水池边等你。那时你会相信我说的话没有半句虚言。"

加法尔想道："看外表这个人确实像个乞丐；但是——什么事都有可能。干吗不试一试？"于是他答道：

"好，我的老爹，我一定来。"

老人向他的两眼望了望，便走了。

第二天一早，天刚放亮，加法尔便动身去集市。老人两个臂肘支在碗形的大理石喷水池上，已经等着他了。

他默默地抓住加法尔的手，带他走进一座四周围有高墙的小花园。

花园正中，绿油油的草地上，长着一株形状非凡的树。

它像一棵柏树，不过树上的叶子是蓝色的。

三颗果实——三只苹果——挂在向上弯曲的细枝上：一颗中等大小，椭圆形，乳白色；另一颗大大的，圆圆的，鲜红鲜亮；第三颗小小的，皱巴巴，黄焦焦。

整棵树在轻轻地沙沙作响，虽然没有风。它的声音轻轻细细，如怨如诉，仿佛一棵玻璃做的树；它似乎感受到了加法尔在向它靠近。

"小伙子！"老人说，"三个果实中任你摘一个，不过要知道：

你如果把白的那个摘下吃了，你会成为最聪明的人；如果把红的那个摘下吃了，你会像犹太人罗思柴尔德①那样富有；如果把黄的那个摘下吃了，你会博得老年妇女的欢心。拿主意吧！……不要犹豫，再过一个小时果实就枯萎了，这棵树本身也将钻到地下深处看不到的地方！"

加法尔低下了头，开始沉思。

"现在该怎么办？"他轻声说，仿佛在和自己商量："变得太聪明了，大概会觉得也没有意思；成为最富有的人，所有人都会嫉妒你；我最好还是把第三个皱皮苹果摘下吃了！"

他果真这样做了；老人张开无牙的嘴笑了起来，说道：

"哦，聪明绝顶的小伙子！你作了最佳选择！你要白的那个苹果有什么用？本来你就比所罗门还聪明。红的那个苹果你也并不需要……没有它你也会变成富翁，只不过谁也不会嫉妒你的财富。"

"老伯伯请告诉我，" 加法尔聚精会神地说，"我们受神灵保护的哈里发的可尊敬的母亲在哪里？"

老人深深地一躬到地，向少年指了路。

---

① 罗思柴尔德（又译"罗斯·柴尔"），欧洲十八世纪末期起，产生了由著名的罗思柴尔德家族组成的银行世家，对欧洲的经济、政治产生过长达两百年的影响。其创始人是外来的犹太人迈耶·阿尔谢姆·罗思柴尔德及其五个儿子。屠格涅夫写散文诗的年代正值该家族的鼎盛期。作者这里引到的"罗思柴尔德"究竟是泛指整个家族还是指早在巴格达自公元 762 年即成为阿拉伯帝国都城巨富的该家族的先人，不详；也许只是个比喻。

在巴格达谁人不晓宇宙的太阳，伟大著名的加法尔？

1878 年 4 月

两首四行诗

　　从前有座城市，城里的居民嗜诗如命，如果几个星期内不出新的好诗，他们就认为诗歌创作上这样的歉收是全社会的灾难。

　　这时他们便穿上最旧的衣服，往头上一把把撒炉灰，一群群聚集在广场上痛哭流涕，伤心地哭诉缪斯抛弃了他们。

　　就在一个类似的不幸日子里，年轻诗人尤尼来到挤满伤心欲绝的人群的广场。

　　他迅步登上特设的高台，示意想朗诵诗歌。

　　执法人员立刻挥舞起指挥棒。

　　"安静！注意了！"他们高声喊道。于是人群开始安静下来，等待着朗诵。

　　"朋友们！伙伴们！"尤尼开始用响亮然而不十分坚定的声音说话。

　　　朋友们！伙伴们！爱好诗歌的人们！

一切齐整、美丽形式的崇拜者们!

短暂的阴郁愁闷不会使你们焦虑不安!

期待的时刻终将来临……光明必将驱散黑暗!

尤尼念完了……回报他的是从广场四面八方响起的吵嚷、口哨和笑声。

每一张看着他的脸都怒容满面,每一双眼都射出咄咄逼人的怒火,每一双手都高高举起,握紧拳头,发出威胁。

"亏你有脸拿这样的东西来哗众取宠!"怒不可遏的声音发出吼叫,"把这个平庸的歪才赶下台去!这笨蛋,叫他滚开!拿烂苹果、臭鸡蛋来打这个胡闹的丑东西!向他扔石块!往这儿扔石块!"

尤尼一骨碌从台上滚了下来……但是没等他回到家,后面就传来了雷鸣般的激动掌声、赞颂的欢呼和喊叫。

尤尼大惑不解,便返身回到广场,但是努力不让别人发现他(因为激怒疯狂的野兽是危险的)。

他见到了什么呢?

他的对手,年轻诗人尤里高居人群之上,他站在一块金色平板上,身披紫袍,鬈曲的头发上戴着桂冠,被高高地举过了肩头……周围的人们狂呼大叫:

"光荣！光荣！光荣属于不朽的尤里！在我们忧伤万分、痛苦不堪的时候给了我们慰藉！他馈赠我们的诗句比蜜还甘甜，比锣鼓还响亮，比玫瑰还芬芳，比蓝天还洁净！载着他凯旋，让神香的轻烟在他充满灵感的头顶缭绕，让棕榈对叶的轻轻摆动替他的前额扇凉，用尽所有的阿拉伯香膏倒在他的脚边！光荣！"

尤尼走近一个赞颂者。

"喂，我的同乡，请告诉我！尤里用什么样的诗句使你们欣喜若狂？唉！他朗诵的时候我不在广场！如果你记得的话，请再念一遍，行行好吧！"

"这么好的诗，还会记不得？"被问者兴奋地回答，"你把我当什么人啦？听着，让你也高兴高兴，和我们同享快乐吧！"

"'爱好诗歌的人们！'神圣的尤里是这样开始的……

爱好诗歌的人们，伙伴们！朋友们！
一切优雅、悦耳、温柔形式的崇拜者们！
短暂的沉闷与悲伤不会使你们焦虑不安！
期待的时刻终将来临……白昼将驱散黑夜！

怎么样？"

"对不起！"尤尼回敬说，"这可是我的诗呀！大概我朗诵的时候尤里在人群里，他听到了，稍稍改动一下又念了出来，当然改得不见得怎么样，只动了几个词！"

"啊！我现在认出你是谁了……你是尤尼。"被尤尼插话打断的那位市民蹙紧眉头回答说，"你是个醋坛子或者笨蛋！……可怜虫，你只要想一想一件事！尤里说得多么高尚：'白昼将驱散黑夜！……'可你说得多么荒唐，'光明将驱散黑暗'？！什么样的光明？什么样的黑暗？！"

"难道这不是一码事吗？"尤尼刚想说。

"你再说一个字，"市民打断他的话，"我就向人群大喊一声……你就会被撕个粉碎！"

尤尼知趣地闭上了嘴。一位听见他和市民对话的白发长者走到可怜的诗人跟前，把一只手放在他的肩头，说道：

"尤尼！你朗诵的是自己的诗，但是念得不是时候。而那一位朗诵的不是自己的诗，却念得正是时候。自然，他时机选对了。不过你保留了自己良心上的安慰。"

然而正当良心使被撇到一边去的尤尼得到慰藉的时候——当然这种慰藉也只是力所能及，而且微乎其微的——远处，在雷鸣般的掌声和欢呼里，在无往而不胜的太阳的金色光辉里，尤里高傲的昂首挺胸的身影，恰似一个赴殿上朝的沙皇，气宇轩昂、步履稳重地在款款而行，身上的紫袍熠熠生辉，头顶的桂冠在缭绕的阵阵香烟里影影绰绰地闪现……棕榈树长长的枝叶依次向他点头哈腰，仿佛要用它们轻声的叹息、恭顺的敬礼，来表达为他心醉神迷的市民们洋溢在心头、不断产生的崇拜之情！

1878 年 4 月

麻　雀

我打猎归来，走在花园的林荫小径上。猎狗在我前面奔走。

突然它放慢脚步，开始悄悄地蹑足而行，仿佛嗅到前方有猎物。

我沿小径望去，看见一只小麻雀，它口边还留着黄斑，头上长着茸毛。它掉出了鸟窝（风猛烈地摇曳着小径上的白桦），趴着一动也不动，无可奈何地张开两只刚长出的翅膀。

我的猎狗慢慢向它逼近，忽然，从附近的一棵树上仿佛掉下一块石头似的，一只黑肚皮的老麻雀落在了猎狗面前——它张开全身羽毛，样子都变了，向着龇牙咧嘴的血盆大口的方向扑棱了两下，同时发出绝望凄厉的叫声。

它俯冲下来救护自己的孩子，用自己的身躯作掩护……但是它整个小小的身躯却因恐惧而瑟瑟发抖，它叫得嗓音都变了，嘶哑了。它站定了，要拿自己作牺牲！

在它看来，猎狗是何等巨大的怪物！然而它依然无法安然坐在高高的、处于安全地位的树杈上……一种超意志的力量将它从

那里抛了下来。

我的特列佐尔①停住了，开始步步后退，显然它也承认了这种力量。

我急忙叫回窘态十足的猎狗，怀着崇敬的心情走开了。

是的，请别见笑。面对那只英勇的小鸟，面对它那奋然挺身的爱心，我的敬仰之情油然而生。

我想，爱心比死亡，比对死亡的恐惧更有力量。只有依靠它，依靠爱心，生命才得以保持和运动。

1878 年 4 月

文中提到的"一种超意志的力量"是指什么？

---

① 猎狗的名字。

骷　髅

大厅里富丽堂皇，华灯齐放，男伴和女士济济一堂。

所有的人眉飞色舞，谈得兴高采烈……关于一位著名女歌手的一场谈话正在热烈进行。大家称颂她貌若天仙，歌声不朽……哦，昨天她最后的那一段颤音发挥得多么出色！

蓦然间，仿佛受到一根魔棒指挥似的，包裹在所有头颅和脸部外的一层薄薄的皮一下子消失了，顿时露出了毫无生气的白色头盖骨，裸露的牙床骨和颧骨发出像锡一般的隐隐蓝光。

我惊惧地望着这些牙床骨和颧骨移位、微微蠕动，这些疙瘩状的骨球在灯光和烛光下面亮闪闪地转动，看着骨球里面的另一些更小的球——毫无表情的眼珠也在转动。

我不敢摸自己的脸面，不敢往镜子里瞧自己。

而骷髅依然如故地在转动……失去了皮肉的牙齿间，仿佛一片小小的红破布在闪动似的，伶俐的舌头依然啧啧称赞着不朽的……不朽的女歌手唱出的那最后一段颤音，是多么令人惊叹，无人可以模仿！

1878 年 4 月

干粗活的和干细活的

（对话）

干粗活的

你干吗往我们这边爬？你要什么？你不是我们一伙的……滚开！

干细活的

我和你们是一伙的，弟兄们！

干粗活的

这怎么可能！我们一伙！亏你想得出！只要瞧一瞧我的这双
手就够了。你看，这双手有多脏？上面带着大粪和焦油的气味，
可你的那双手有多白。再说，它们的气味怎么样？

48

干细活的（伸过手去）

你闻一闻。

干粗活的（闻一闻手）

好奇怪呀！好像有铁的气味。

干细活的

是有铁的气味。我这双手上戴了整整六年的镣铐。

干粗活的

这又为了什么？

干细活的

因为我关心你们的利益，想解放你们这些穷困潦倒的人，反对压迫你们的人，造他们的反……就这样我被关进了监狱。

干粗活的

关进了监狱？你何苦要造反呢？

两年以后

同一个干粗活的（对另一个说）

听着，彼得拉！……你记得吗，前年夏天有那样一个干细活的和你说过话？

另一个干粗活的

记得……怎么啦？

第一个干粗活的

我告诉你，他今天要上绞架了，命令已经颁布。

另一个干粗活的

他还造反？

第一个干粗活的

还造反。

另一个干粗活的

对……有主意了，米特里阿伊老弟，咱们能不能把绞他的那根绳子搞到手？听说这会给家里带来好运呢！

第一个干粗活的

你说得对。得去试一试，彼得拉老弟。

1878 年 4 月

玫 瑰

　　八月将近的几天里……时令已交秋季。

　　正是薄暮斜阳时分。骤然之间一阵倾盆大雨扫过我们辽阔的平原，既无雷声，也无闪电。

　　屋子前的花园整个儿沐浴在火红的夕照里，被滂沱大雨淋了个透湿，热气蒸腾，烟霭茫茫。

　　她坐在客厅里的桌子边，透过半开的门若有所思地向花园里凝望。

　　我知道此时她心里想着什么；我知道此时此刻，经过短暂的、尽管是苦痛的斗争，她正沉浸于一种再也难以平静的情绪中。

　　突然她站起来，迅步走进花园里，便看不见她的身影了。

　　时钟敲响，已过一个小时……又过了一个小时；她没有回来。

　　这时我便起身走出屋子，沿着她适才走的那条林荫小径（对此我确信无疑）走去。

　　周围的一切都已开始变暗；夜幕正在降临。然而小径湿润的沙土上看得见有一件圆圆的东西，透过浓浓的夜色发出显眼的红色。

我俯下身去……那是一朵年轻的、蓓蕾初绽的玫瑰。两个小时以前我在她胸前见到的正是这朵花。

　　我小心地捡起落入泥泞的小花，回到客厅后将它放到桌上，她椅子前面的地方。

　　她终于回来了，迈着轻轻的脚步走过整个房间，在桌子边坐了下来。

　　她的面容显得苍白而楚楚有情；那双眼睑下垂、似乎变小的眼睛带着愉快的腼腆神色迅速扫视着两旁。

　　她看见了玫瑰，抓起它，望了望被揉皱、弄脏的花瓣，看了我一眼，于是那双眼睛突然停住不动了，滚出了晶莹的泪花。

　　"你为什么哭？"我问道。

　　"就为这朵玫瑰。您看看，它成了什么样子。"

　　这时我想到要说句意味深长的话。

　　"您的泪水能洗去花上的污秽。"我神色庄重地说。

　　"眼泪洗不掉，眼泪能将它烧毁。"她答道，于是她转身向着壁炉，将花朵扔进了正在熄灭下去的火焰。

　　"火焰能比眼泪更好地将它烧毁。"她不无勇气地大声说，这时她那双还闪着泪花的美丽的眼睛便大胆地、幸福地露出了笑意。

　　我明白了，连她也已烧毁了。

1878 年 4 月

纪念尤·彼·符廖夫斯卡娅[①]

　　她躺在烂泥地上，一堆腐臭的麦秸上，匆匆改作战地流动医院的一间破草棚的屋顶下，一个遭受破坏的保加利亚小村子里——患伤寒已经两个多星期，正奄奄一息。

　　她人事不省，没有一个医生看她一眼；她在还能支撑着站起来的时候所照料过的生病的士兵，一个接一个地从自己带菌的草窝里站起来，将盛在一片破瓦罐里的水凑近她干裂的嘴唇，洒上几滴。

　　她年轻、美丽；上流社会认识她，连王公贵族也打听过她的情况。女士们嫉妒她，男士们追逐她……有两三个人偷偷地对她怀着深深的恋情。生活对她笑脸相迎；然而笑容往往比眼泪更坏。

　　一颗温和柔顺的心……却怀有如此强大的力量，如此强烈的献身渴望！帮助需要帮助的人……她不知道有别的幸福……不知

---

① 尤利娅·彼得罗夫娜·符廖夫斯卡娅（1841—1878），屠格涅夫的朋友，其丈夫符廖夫斯基将军死于1858年。她于1877年夏以女护士的身份前往俄土战争前线，死于1878年2月5日。

道，也从未体验过。其余一切种种幸福都从她身边溜过了。然而对此她早已心安理得，她浑身燃烧着不知熄灭的信仰之火，为了服务于他人，她献出了全部身心。

在她心灵深处，在她内心最隐秘的地方，珍藏着几多秘密的宝藏，从来没有一个人知道过，如今当然更不可能知道了。

可那是为了什么呢？牺牲已经作出……事情也做完了。

尽管她对任何谢意都羞于入耳，感到陌生，但是没有一个人甚至对她的遗体说声谢谢；想到这里不免伤感。

但愿我斗胆呈献在她墓前的这朵迟到的小花，不会使她那可亲可爱的影子感到屈辱！

1878 年 9 月

最后一次会见[①]

我们曾经是亲密无间的朋友，然而发生了不愉快的事，于是我们分道扬镳，有如仇敌。

多年以后……我顺道来到他居住的城市，得知他病入膏肓，无可救药，希望见我一面。

我前去看望他，走进他的居室……我们的目光相遇了。

我几乎认不得他了。天哪！疾病把他折磨成什么样子了！

他面黄肌瘦，整个头都秃了，只剩下一撮小小的花白胡子，穿一件故意剪开的衬衣……他已承受不了一件最轻的衣衫的重量。他痉挛地伸出一只瘦得可怕，仿佛啃光了皮肉的手，吃力地喃喃说出几个听不清的字——是问候，抑或责备？谁知道呢？骨瘦如柴的胸脯微微掀动起来，充血的眼睛里，两颗小得可怜、痛苦不堪的泪珠滚到了干缩的瞳孔前。

---

① 作者在散文诗中写到的病人是诗人涅克拉索夫，时间在 1877 年 5 月 25 日。

我心痛欲绝……在他身边的椅子上坐下，然后情不自禁地俯首看着他那可怕的、不成人样的面容，也伸出手去。

然而我仿佛感到握住我的那只手不是他的手。

我仿佛觉得我们两人之间坐着一个个子高挑的、无声无息的白衣女人。长长的裹尸布将她从头到脚浑身裹了起来。她那深沉苍白的眼睛不向任何方向观望；她那苍白严厉的嘴唇一句话也不说……

这个女人将我们两人的手连接在一起……她使我们永久和解了。

是的……死神使我们和解了。

1878 年 4 月

门　槛①

（梦）

我看见一座高大的屋宇。

正面墙上一扇狭小的门洞开着；门里面阴沉沉的，一片昏暗。高高的门槛前面站着一位姑娘，一位俄罗斯姑娘。

那模糊不清的昏暗里透出森森寒气；一个慢条斯理的嘶哑声音，随着这股冰冷的寒流从大楼的深处传来。

"哦，是你，想跨越这道门槛，——可是你知道等待你的是什么吗？"

"知道。"姑娘回答。

"寒冷、饥饿、仇恨、讥笑、蔑视、屈辱、监狱、疾病，还有死亡？"

"知道。"

---

① 创作本篇的直接动因是审判俄国女革命家维拉·扎苏利奇于 1878 年 1 月 24 日开枪行刺彼得堡市长特列波夫的案件。但散文诗中的那位少女已不是简单的扎苏利奇的化身，而具有象征意义。

"完全彻底地远离人群，孤独？"

"知道。我已做好准备。我经得起一切苦难，一切打击。"

"不仅有来自敌人的，而且还有来自亲人、来自朋友的？"

"不错……甚至来自他们的。"

"好……你甘愿作出牺牲？"

"不错。"

"默默无闻地牺牲？你牺牲了——但是甚至没有一个人……没有一个人会知道要悼念哪个人！"

"我既不需要感激，也不需要怜悯。我也不需要名垂后世。"

"你愿意犯法吗？"

姑娘低下了头……

"就是犯法也心甘情愿。"

那个声音没有立刻恢复提问。

"你知道吗，"终于那个声音又开始说话，"你可能会对现在信仰的事物失去信仰，你可能会明白自己受了骗，白白牺牲了自己年轻的生命？"

"就是这一点我也知道。我仍然希望跨进去。"

"进来吧！"

姑娘跨越了门槛——于是沉重的帷幕在她身后降落下来。

"傻瓜！"后面有人咬牙切齿地说。

"一位了不起的姑娘！"不知哪儿传来的回答。

1878 年 5 月

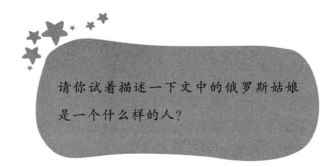

请你试着描述一下文中的俄罗斯姑娘
是一个什么样的人？

造　访

　　我坐在洞开的窗前…… 一天清晨，五月一日很早的清晨。

　　朝霞尚未升起；但是天色已经露白，温暖的暗夜已注入清凉。

　　没有晨雾，没有微风，万物都浑然一色，无声又无息……然而感觉得到万物苏醒已近在眉睫，在逐渐疏朗起来的空中能闻到隔宿露水的湿气。

　　忽然一只大鸟从敞开的窗户飞入我的房间，发出轻微的嗡嗡声和窸窣声。

　　我不禁一怔，向窗口望去……那不是鸟，而是一个长翅膀的小巧女人，她穿一件长长的紧身连衣裙，下摆有波浪形花纹。

　　她浑身灰白，呈珠母色。只有翅膀的内侧像盛开的玫瑰一样殷红，娇美极了；一个用铃兰花编织的花环套在她圆圆小脑袋披散的鬈发上，而在饱满的漂亮前额的上方，有两根孔雀毛优美地晃动着，仿佛蝴蝶的两根触须。

　　她在天花板下面来回飞了一两趟；她的小脸在笑；她那乌黑

61

发亮的大眼睛也在笑。

在灵巧欢快的飞行中，那双眼睛钻石般的光芒碎成了无数光点。

她手握一朵草原上花朵的长长花柄：俄罗斯人称它为"沙皇的权杖"，——它本来就像一根权杖。

她急疾地从我头顶飞过，将那朵花轻触我的头部。

我猛然向她扑去……可是她已噗的一声飞出窗外——而且疾飞而去。

花园里，丁香花丛的深处，斑鸠用它的第一声啼鸣向她表示欢迎，而在她隐没的去处，乳白色的天空悄悄地泛起了红晕。

幻想的女神，我认出你了！你枉过寒舍，实属偶然——你是飞去造访年轻诗人的。

哦诗歌！青春！女性的、少女的美！你们在我面前的闪现只能在一瞬之间——早春时节很早的清晨！

1878 年 5 月

NECESSITAS,VIS,LIBERTAS [①]

（一幅浅浮雕）

一个骨瘦如柴的高个子老太婆，铁板着脸，双目纹丝不动，目光呆滞，迈开大步走着，她伸出干瘦得像棍子一般的一条手臂推搡着自己前面的另一个女人。

这个女人身材高大，体强力壮，腰圆膀粗，肌肉像赫拉克勒斯[②]的一样结实，牛一般的脖子上长着一个小脑袋——而且双目失明——依次推搡着一个个头不高、瘦瘦的女孩。

只有这个女孩眼明心亮，她抵抗着，常回过头去，举起一双纤细美丽的手。她那富有表情的脸上露出厌烦和无畏的神色……她不愿听命于人，她不愿走向别人推她去的地方……然而她仍然必须服从并且向前移步。

Necessitas,vis,libertas.

---

① 拉丁文，意为："必需，力量，自由"。
② 赫拉克勒斯，希腊神话和民间传说中的英雄，一种说法认为他是宙斯和阿尔克墨涅所生。在现代
　 语中"赫拉克勒斯"是"大力士"的同义词。还有一种说法认为他本名叫阿尔喀得斯。

这三个词谁愿意怎么理解，就让他怎么翻译吧。

1878 年 5 月

· 听导读
· 记笔记
· 学方法
· 品经典

微信扫码

施　舍

　　一座大城市的附近，宽广的马车道上有一个年老有病的人在行走。

　　他跌跌撞撞地走着，瘦骨嶙峋的双脚步履蹒跚，磕磕绊绊，脚步既沉重又虚弱，仿佛不是自己的脚在走路。挂在他身上的衣衫已成了破布片；未戴帽子的头颅耷拉在胸前……他已筋疲力尽。

　　他在路边一块石头上坐下，俯着身子，支在胳膊肘上，用双手捂着脸，泪水从弯曲变形的手指间滴进干燥、灰色的尘土。

　　他在回忆……

　　他记起来了……曾几何时他健康过，也富有过——他又失去了健康，散尽了钱财，落入了别人手中，他的朋友和敌人手中……而今他竟连一块面包也没有，所有人都离他而去，朋友们离开他比敌人还早……难道他居然沦落到要乞求施舍的地步？他的心头既痛苦，又羞愧。

　　眼泪还在一滴滴往下淌，染湿了灰色的尘土。

蓦然间他听见有人呼唤他的名字；他抬起疲乏的脑袋，看见面前有一个陌生人。

那人面容安详、庄重，却不严厉；他的双眼没有逼人的光芒，却炯炯有神；他的目光能洞察秋毫，却无恶意。

"你散尽了家财，"是一个平稳的声音在说话……"可是对于曾经行过的善事你并不感到惋惜，是吗？"

"不惋惜，"老人叹口气回答说，"只不过如今我快要死了。"

"假如世界上没有那些向你伸手乞讨的乞丐，"陌生人继续说，"你不就没有了实施你善举的对象，也不可能在其间一试身手了吗？"

老人一句话也没有回答，他开始沉思。

"所以现在你也不用自命清高，可怜人。"陌生人又开始说，"去吧，伸出手去，你也给别的好心人一个机会，让他们用事实表明自己是善人。"

老人听了一怔，抬起眼睛望去……然而陌生人已不见踪影；而远处路上则出现了一个行人。

老人走到他跟前，向他伸出一只手。这个路人神情严厉地转过身子，什么也没有给。

他的后面又走来另一个人——那人给了老人一点微小的施舍。

于是老人用他给的小钱给自己买了块面包——他觉得乞讨来

的面包块十分香甜——他心头并没有羞耻的感觉，相反，一阵窃喜笼罩了他的心头。

1878 年 5 月

昆　虫

我梦见我们二十来个人坐在一间窗户洞开的大房间里。

我们中间有妇女、儿童、老人……大家正在谈论一件相当熟悉的事——七嘴八舌的声音既嘈杂又含糊不清。

突然一声脆响，屋里飞进一只约莫两俄寸①长的大昆虫……它飞进屋后转了一阵就在墙壁上停了下来。

它的样子像苍蝇或者胡蜂，身体呈灰褐色；扁平坚硬的翅膀颜色也相同；毛茸茸、向四方张开的爪子，还有有棱有角的大脑袋，像斑蜻蜓；这个脑袋和这些爪子颜色鲜红，仿佛沾满了鲜血似的。

这只古怪的昆虫不停地上下左右转动着脑袋，移动着爪子……接着猛地飞离墙壁，满屋子啪啪地乱飞——然后又停下来，又可怕又讨厌地蠕动着，寸步不离停落的地方。

它在我们大家心里激起反感、惊慌甚至恐惧……我们中谁也没有见过类似的东西，齐声喊道："把这个怪物赶出去！"大家

————————————
① 1俄寸合4.4厘米。

从远处挥动手帕驱赶它……因为没有人敢靠近它……当昆虫飞起来时，大家都不由自主地闪到一边去躲它。

我们聊天的人中间只有一个人，他还年轻，脸色白皙，困惑地四下里望着我们大家。他耸耸肩膀，脸带笑容，怎么也搞不清我们究竟发生了什么事，为什么那么躁动不安？他本人既没有看见任何昆虫，也没有听见它那翅膀可怕的鼓动声。

忽然那昆虫似乎盯上了他，飞起来贴到了他的头上，在他眼睛上方的眉头叮了一口。年轻人啊地叫了一声，便倒下死了。

可怕的苍蝇立刻就飞走了……我到这时方才猜出这不速之客究竟是什么东西。

1878 年 5 月

素菜汤

　　一个老年寡妇死了二十岁的独生子，他是村里数一数二的干活能手。

　　女东家，也就是这个村的一位女地主，得知老婆婆的失子之痛，便赶在送葬那天去看望她。

　　东家在屋里见到了她。

　　老婆婆站在茅屋中间，一张桌子边，不慌不忙，有条不紊地从熏黑的瓦罐底部用右手（左手像藤条似的下垂着）舀清水汤，一勺接一勺，边舀边吃。

　　老婆婆的脸瘦得凹了下去，黑魆魆的；一双眼睛红通通的，肿了起来……但是她的身子庄严地挺着，像在教堂里一样。

　　"老天！"女主人忖道，"在这样的时刻她还吃得下……不过所有他们这些人的感情毕竟都是那么粗俗！"

　　此刻女主人想起几年前她自己失去生下才九个月的女儿时，因为悲痛而没有租住彼得堡近郊的一幢漂亮别墅，竟在城里过了夏天！可是老婆婆还继续在喝素菜汤。

女主人终于沉不住气了。

"塔吉亚娜！"她说，"你行行好吧！我真不明白！难道你不爱自己的儿子？怎么你的胃口还那么好？你怎么还喝得下这些汤！"

"我的瓦夏死了，"老婆婆轻声说，郁结已久的眼泪又沿着她凹陷的双颊滚落下来，"这就是说我的日子也活到头了：我的脑袋给活生生地拧了下来。可这汤却不能白白丢了：里面可是搁了盐的。"

女东家只耸了耸肩就走了。对她来说食盐是再便宜不过的东西。

1878 年 5 月

蔚蓝色的王国

哦，蔚蓝色的王国！哦，蓝色、光明、青春和幸福的王国！我曾在梦中……见过你。

我们几个人驾着一叶漂漂亮亮、收拾得干干净净的小舟。猎猎飘展的信号旗下扬起一面白色的风帆，宛如天鹅的前胸。

我不知道自己的伙伴是些什么人；但是我全身的感觉告诉我，他们和我一样，年轻、快乐和幸福！

而且我也看不见他们。我四周是一望无际的蔚蓝色海洋，整个海面铺展着细软的涟漪，泛出粼粼金光；头顶上同样是一望无际、碧蓝碧蓝的苍天——一轮和煦的太阳得意扬扬，仿佛笑意盈盈地在天际滚动。

我们中间不时响起响亮、欢乐的笑声，有如天神在欢笑！

要不就是谁的口中吐出的连珠妙语和诗句，充满了奇妙的优美和灵感的力量……似乎蓝天自己也在与之应答，周围的大海也会意地在掀动……随后又是令人陶醉的寂静。

我们的轻舟顺着柔软的波浪轻轻地起伏荡漾，纵流疾驰。它并不借助风力的驱使，而是我们起伏的心潮驾驭着它。我们的心向往何方，它就向何方飞驰，仿佛通灵性似的。

　　我们遇见一些神奇的岛屿，那是些半透明的岛屿，反射出蓝宝石和翡翠的光泽。岛屿周围的岸上飘来醉人的芳香；一些岛屿向我们撒来白玫瑰和铃兰的花雨；另一些岛上突然飞起一群群五彩缤纷的长翼海鸟。

　　海鸟在我们上方盘旋飞舞，铃兰和玫瑰融进滑过我们平缓的船舷的珍珠般的水沫。

　　伴随着鲜花和海鸟飞来一阵阵甜甜蜜蜜的声响……其中，感觉得到有女性的声音……周围的一切：天空、海洋、高处摆动的帆影、船后汩汩作响的水流——所有这一切都在倾诉着爱，令人陶醉的爱！

　　我们每个人所挚爱的东西，她就在这里，不见形影，却近在咫尺。只须再过瞬间——马上就能见到她双眸的闪光，绽出鲜花般的微笑……她的手将牵着你的手，领你随她进入永恒的天堂！

　　哦，蔚蓝色的王国！我曾在梦中……见过你！

1878 年 6 月

两个富翁

　　每当人们在我面前夸奖大财主罗斯柴尔德从自己巨额进项中拨出几千块钱用于教育儿童，治疗病人，周济老人，我总是啧啧称赞，深受感动。

　　不过赞扬和感动之余我不得不想起一个穷苦的农民家庭，他们在破破烂烂的小农舍里收养了失去双亲的侄女。

　　"要是我们把卡奇嘉接过来，"农妇说，"那咱们最后的几个子儿都得花在她身上了，——没钱来买盐，稀粥里也搁不上盐了……"

　　"那咱们就喝没搁盐的稀粥呗。"她的丈夫，一个庄稼汉说。

　　罗斯柴尔德离这个庄稼汉远着呢！

1878 年 7 月

老　人

暗淡无光、沉重难熬的日子终于来临……

自身的疾病，亲近的人的病痛，垂暮之年的凄清与愁苦……你曾经热爱、毫无保留地为之献身的一切，正在衰落、冰消瓦解。已是山穷水尽、无路可走。

怎么办？悲伤？痛苦？无论于己于人，你都毫无办法。

一棵渐趋凋零枯萎的树木，纵使树叶越长越小，越长越稀，但毕竟还是它的绿叶。

你也蜷缩起来，躲进自己的内心，躲进自己的回忆里去吧——那里，在你聚精会神的心灵的深处，有你往昔的生活，只有你一个人体味过的生活，它将在你面前展现自己芬芳、依然清新的翠绿，展现出春天的妩媚与力量！

不过要当心，别往前面看，可怜的老人！

1878 年 7 月

记　者

两个朋友傍桌而坐，口啜香茗。

蓦然间街头响起一阵喧闹声，声音里有人在哀求呻吟，有人在厉言怒骂，有人发出阵阵幸灾乐祸的嬉笑。

"在打人呢。"朋友中的一个望了望窗外说。

"打犯人？杀人犯？"另一个问道，"我告诉你，不管被打的是什么人，不能容许未经审判就滥加迫害。咱们为他说话去。"

"可是他们打的不是杀人犯。"

"不是杀人犯？那就是小偷？不管怎么样，咱们去把他从人群里拉出来。"

"也不是小偷。"

"不是小偷？那一定是售票员，铁路员工，军需官，俄罗斯文化的庇护人，好心的编辑，热心公益的捐助人？……无论如何咱们去帮他一把。"

"不……打的是记者。"

"记者？那我告诉你：咱们先喝了这杯茶。"

1878 年 7 月

·听导读
·记笔记
·学方法
·品经典

微信扫码

两个兄弟

那是一种幻觉……

我面前出现了两个天使……两个天才。

我说他们是天使、天才，因为两个人都几乎赤身裸体，每个人的肩膀后面都伸展着一对强劲有力的长长翅膀。

两个人都是少年。一个稍胖，肌肤细滑，长一头乌黑的鬈发。眼睛是栗色的，上面有一层薄翳和密密的睫毛。他的目光妩媚动人、欢乐而热切。他的容貌优雅姣美，富有魅力，稍带一点粗鲁，微露一点凶相。红红的厚嘴唇轻轻地蠕动着。少年脸含微笑，显得自信而慵懒，仿佛权柄在握的样子；茂盛的花冠斜戴在油亮的头发上，几乎触及丝绒般的双眉。圆圆的肩头挂着一张插有一支金箭的豹皮，一直垂到屈曲的腿部。翅膀上的羽毛映出蔷薇的色彩，羽尖呈鲜亮的红色，仿佛浸染过殷红的鲜血。这对翅膀时而迅速地扇动，发出银铃般的悦耳声音，发出春雨般的喧响。

另一个瘦削，体色微黄。每次呼吸都显现出肋痕。浅红的头发疏疏朗朗，直而不卷。大大、圆圆、浅灰色的眼睛……目光惶惑不安，异样的明亮。整个脸形是尖削的；半开的小口里露出鱼齿般的牙齿；紧缩的鹰钩鼻；前突的下巴上面覆盖着一层白白的茸毛。这两片干瘪的嘴唇从来就没有露过一次笑容。

那是一张经过矫正、恐怖而冷酷的脸！（不过那第一个人，那个美貌少年的脸虽然亲切而妩媚，却同样缺乏爱怜之心。）第二个少年的头部四周插着几根无实的折断的穗子，靠一根枯萎的草茎缠在头上。腰部缠一块灰粗布，肩膀后面的两翼轻轻地扇动，样子咄咄逼人。

两个少年看上去像一对形影不离的伙伴。

两个人都肩并肩地靠着彼此。前者柔软的小手像一串葡萄，搭在后者干瘦的锁骨上；后者长着细长手指的窄小手腕，像蛇一样伸在前者女人般的胸口。

我听到说话的声音……下面就是那声音说的话："你前面是爱情与饥饿——两个亲兄弟，一切生命赖以生存的根基。"

"一切有生命的物体都在运动，为了觅食；都在觅食，为了繁衍。

"爱情与饥饿——两者的目的是一致的：需要让生命不致中断，无论自己的，抑或他人的生命，都属于那同一个普天之下万物的生命。"

1878 年 8 月

自私自利者

他身上具有使他能够驱使自己家人的一切必备条件。

他生来健康，天生富有，在漫长的一生中除却富有和健康，未曾有过一次过失，未曾犯过一次错误，既无一言之失，也无一次失算。

他为人诚实，无可指责！……既然意识到自己诚实并引以为豪，他便借此威压众人：亲人、朋友、熟人。

诚实成为他的资本……于是他便借此谋取高额利息。

诚实使他有权冷酷无情，不做一件法定以外的好事；于是他便冷酷无情，不做一件好事，因为好事既为法定，亦不成其为好事。

他从来不关心任何人，除却他自己——如此模范的一个人物！而当别人也试图对他不予关心的时候，他便会怒火中烧！

与此同时，他并不认为自己是个自私自利者，而且他对自私自利的人和自私自利的行为的指责与讨伐比谁都厉害！因为别人的自私行为妨碍了他的自私行为。

他既看不到自己丝毫的软弱，又对任何人的软弱难以理解，也无法容忍。他压根儿对任何人、任何事都不能理解，因为他整个人四面八方、上上下下、前前后后都为他自己所包裹。

他甚至不理解宽容为何物。既然他从来未曾有过宽恕自己的必要……那又有何必要宽恕别人？

面对自己良心的审判，面对自己的上帝——他，这个怪物，这个美德的败类，举目望天，振振有词地说："不错，我问心无愧，我是个道德高尚的人！"

他躺在临死的病床上还会重复这句话——即使此时此刻，他的铁石心肠，那毫无瑕疵、毫无缝隙的心肠，也不会稍有颤抖。

哦，一个沾沾自喜、固执己见的人廉价得来的美德，比之毫无掩饰的恶行，其丑陋程度未必不更令人恶心！

1878 年 12 月

最高神灵的华宴

一次，最高的神灵心血来潮，要在他天蓝色的殿堂举行盛大宴会。

一切美德都在被邀之列。被邀者全是美好的德行……男性他一概不邀，清一色地只邀女性。

嘉宾如云——有大美德，也有小美德。小美德比大美德更加可人，更加妩媚。不过所有来宾看上去都心满意足，彼此的谈吐都彬彬有礼，一如近亲和故旧之间的叙谈。

就在这时最高神灵发现两位美丽的女士似乎彼此素昧平生。

主人牵着其中一位女士的手，把她引向另一位。

"这位是'乐善好施'！"他指着第一位说。

"这位是'知恩必报'！"他指着第二位又说。

两位美德莫名惊诧：自有这个世界——而这个世界其实早就存在了——她们还是首次见面呢！

1878 年 12 月

斯芬克斯①

　　举目四顾，无处不是无垠的茫茫沙海……灰中带黄，表面疏松、底部坚硬、吱吱作响的沙海！

　　在这沙砾遍地的大漠之上，在这死灰飞扬的沙海之上，巍然屹立着埃及狮身人面像硕大无朋的头颅。

　　这两片噘起的大嘴唇，这两个凝滞不动的大张的朝天鼻孔——还有这双在双弧形的高高眉毛下的眼睛，这双细长的、睡意未消的、貌似专注的眼睛，究竟想说些什么呢？

　　可是它们确实有话想说！它们甚至已经在说了——不过只有俄狄浦斯善解谜底，明白它们无声的语言。

　　哦，对了！我认出这是谁的容貌了……在这容貌里已没有了埃及的影子。低低的白色前额，突出的颧骨，短而挺拔的鼻子，牙齿洁白的漂亮嘴巴，柔软的唇须和卷曲的胡子——还有那双撇

---

① 斯芬克斯系希腊神话中长翼的狮身人面女怪。她在通往忒拜的路上要过路人猜谜，猜不出的即被吃掉。一次忒拜的英雄俄狄浦斯猜出了谜底，斯芬克斯就跳下深渊自杀，通往忒拜之路随之打开。斯芬克斯也指古埃及的石雕狮身人面像。

向两边的小眼睛……头上梳成分头的发冠……没错，是你，卡尔普，西多尔，谢苗，雅罗斯拉夫尔的或者梁赞的庄稼汉，我的同胞，俄罗斯的血统！你是不是早就变成了狮身人面像？

或者你同样有话想说？是的，你也是斯芬克斯。

你的双眼——这双没有色彩、然而深沉的眼睛也在说话……说的话同样无声而如谜一般难以猜测。

但是你的俄狄浦斯在哪里？

啊！全俄罗斯的斯芬克斯呀，要成为你的俄狄浦斯，戴上穆尔莫尔卡帽①是不够的！

1878 年 12 月

---

① 18 世纪以前俄国男子戴的平顶卷檐帽。

神　女

　　我站着，面对呈半圆形展开的连绵不绝的美丽群山；群山上下遍布郁郁葱葱的年轻森林。

　　群山上空是南国清澈透明的蓝天；太阳从高处洒下万道霞光；山下湍急的溪流半掩在草丛之间，潺潺不息。

　　这时我想到一个古老的传说，说的是公元一世纪的时候，爱琴海上有一艘希腊船舰在行驶。

　　时当中午……天气晴好，风平浪静。突然，舵手的头顶上方，高空中清楚地有人在说话：

　　"当你驶过海岛时，要大声呼喊：'大潘①已死！'"

　　舵手感到惊讶……吓了一大跳。但是当船只在岛旁驶过时他遵从了这句话，便大声喊道：

　　"大潘已死！"

　　顿时，海岛沿岸各处（该岛无人居住）应声响起了大声的号

---

① 希腊神话中的森林之神，系牧人、养蜂人和渔人的保护神。

嚎痛哭、呻吟和拖长了声音、悲痛欲绝的呼号：

"死啦！大潘死啦！"

我想起了这个传说，一个奇怪的念头来到我的心间："如果这声呼喊由我来发出，会怎么样呢？"

然而，由于我被欢乐的情绪所包围，我不可能想到死字，所以我便用尽平生之力呼喊起来：

"复活啦！大潘复活啦！"

顿时——哦，真是奇迹！——沿着这圈半圆形的苍翠的群山，应着我的这声呼喊，和谐的笑声滚滚而来，欢乐的话语和掌声蓦然响起。"复活啦！大潘复活啦！"是年轻的声音在喧响。接着前方的万物一下子都欢笑起来，比高空的太阳更明亮，比草丛下潺潺奔流的溪水更欢快。传来轻盈匆促的脚步，葱翠的密林间隐隐闪现着波浪形的衣衫，如大理石一般洁白，还有裸露的身躯显现出靓丽的红色……那是神女，是神女，是山林神女，是酒神的女祭司正从高处向平原奔跑……

她们一下子出现在所有的林边空地。美丽绝伦的头上卷曲着一绺绺鬈发，优美的玉手高举着花环和手鼓——于是笑声、悦耳动听的奥林匹斯笑声随着她们迅速传播、滚动……

一个女神在前飞跑。她个子比所有女神都高，也更漂亮；她肩挎箭袋，手执弯弓，竖起的鬈发上有一轮银光闪闪的新月……

狄安娜^①，是你吗？

但是女神忽然停住不跑了……顿时其他所有女神也都跟着她停住了脚步。响亮的笑声停止了。我看见猛然一惊而呆住的女神脸上笼罩了一层死一般的苍白；我看见她的双手放下来垂着不动了，两条腿也僵住了，难以形容的恐惧使她张大了嘴巴，睁大了向远方凝视的眼睛……她见到了什么？她向何处眺望？

我转眼向她凝视的方向望去。

天边，低低的田野边缘的那一边，一所基督教的白色钟楼上，一个金色十字架亮得像一个火红的小点。正是这个十字架让女神见到了。

我听到身后一阵长长的不和谐的叹息，仿佛一根绷断的琴弦的震颤，——而当我再度回过头来时，神女已踪影全无了……辽阔的森林依然青葱欲滴，只是有几处地方，透过繁茂交错的树叶，看得见某些白色的小点，那小点正在消失。那是神女的衣衫，抑或是谷底升起的岚烟？——我不得而知。

可是眼看着女神们消失得无影无踪，我是多么惆怅！

1878 年 12 月

---

① 希腊神话中为阿尔忒弥斯，系宙斯和勒托的女儿，阿波罗的孪生姐姐，为护猎神。在罗马神话里与月神狄安娜合为一体。

敌人和朋友

　　一个被判终身监禁的囚犯越狱逃逸，没命地奔跑……他背后追捕的队伍跟随他的足迹穷追不舍。

　　他用尽全力奔逃……追捕者开始渐渐落后。然而就在此时，他前面横着一条两岸陡直的河流，河面虽窄，河水却很深……而他竟不会游泳！

　　两岸间架着一块霉烂的薄板。逃亡者已经把一只脚向木板跨去，然而此时出现了这样一个场面：河边站着两个人，一个是他最好的朋友，另一个是他不共戴天的死敌。

　　敌人一言不发，只交叉着两只手；但是朋友却放开嗓子大喊起来：

　　"不行！你干什么来着？别发昏啦，疯子！你难道没看见木板全烂了？你的重量一压上去它就断啦，你就非死不可！"

　　"可是没有别的渡口呀……你没听见有人追来吗？"不幸的人绝望地哀叹，说着跨上木板去。

"我不许你上去！……不，我不许你去送死！"热心的朋友尖叫起来，说着抽去了逃亡者脚下的木板。逃亡者一眨眼就扑通一声掉进急浪，沉了下去。

　　敌人得意地笑起来，便走了；朋友则在岸上坐下，开始为自己可怜的……可怜的朋友伤心痛哭！

　　不过他是否为招致朋友送命而自责呢？这一点他一刻也没有想过。

　　"怪他不听我的话！他不听！"他伤心地喃喃说。

　　"不过话说回来！"他最后说道，"他本来要在可怕的牢里受一辈子罪的！至少他现在不受罪了！现在他轻松了！看来是他命中注定啊！"

　　"可是从人道的角度看毕竟是可怜的！"

　　于是他善良的心灵又继续为自己倒霉的朋友伤心恸哭了。

　　　　　　　　　　　　　　　　　　　　1878 年 12 月

基　督

　　我看见自己是个少年，几乎是个孩子，在乡间一所教堂里。古老的圣像前，燃着一根根细细的蜡烛，犹如一个个小红点。

　　每一个小小的烛焰外围都是一个彩虹般的光环。教堂里一片昏暗，混沌不清……但我面前站着的人却很多。

　　一眼看去都是淡褐色的庄稼人的脑袋。有时这些脑袋摇晃起来，低下去又仰起来，仿佛夏季微风吹拂下缓缓起伏的麦穗。

　　突然有一个人从后面走近前来，在我身边站定了。

　　我没有转过头去看他，但是立刻就觉得这个人是基督。

　　感动、好奇、惊恐，一下子控制了我的情绪。我努力保持镇静……看了看身边的人。

　　他的脸和大家的脸一样，就像所有人的面孔。他的眼睛稍稍上抬，专注而安详。嘴唇闭着，但闭得不紧，上唇似乎斜盖在下唇上。一撮胡子分成了两半。两臂下垂，一动也不动。连身上的衣服也和大伙的一样。

"这哪会是基督啊！"我忖道，"这么一个普通而又平常的人！不会是他！"

　　我转眼向别处望去。但是还没有等我将目光从那个普通人身上移开，我又觉得我旁边站着的人正是基督。

　　我又努力控制住自己……又看见了那张和所有人的脸相似的面孔，那些虽然并不熟悉却很平常的容貌特征。

　　猛然间我感到一阵惊恐——我恢复了常态。只在这时我才明白，正是那样一张脸，和所有人的脸相似的那张脸，才是基督的脸。

1878 年 12 月

岩　石

　　你可曾见过海边那块古老的灰色岩石？在涨潮时分，欢乐的朗朗晴日，看欢乐的波浪从四面八方涌来，向它冲去，戏耍着它，爱抚着它，将闪闪发光的白沫碎成珍珠般的水珠洒向它长满苔藓的头颅？

　　那块岩石依然如故，但是它暗淡的表面却出现了鲜亮的色彩。

　　这些色彩是那个遥远年代的见证，其时熔化的花岗岩刚开始冷凝，整个儿还闪耀着火一般的色彩。

　　不久前，那些年轻女性的灵魂，也这样从四面八方涌向了我衰老的心头——在她们爱抚的触摸下，往岁的火焰那早已暗淡无光的色彩与痕迹，重又开始呈现鲜红的颜色！

　　波浪消退了，然而色彩却依然鲜艳——尽管强劲的海风正在将它们吹干。

1879 年 5 月

鸽　子

　　我站在一座平缓的小山之巅；大片成熟的黑麦田展现在我面前，五光十色，有如一片大海，有时金光灿灿，有时银光闪闪。

　　然而这时海面并没有荡漾的涟漪，闷热的空气也没有缓缓流动，一场大雷雨正在酿成。

　　我附近阳光依旧照着，烤得人暖烘烘的，而光焰已经软弱无力了。但是麦田的那一边，不太远的地方，深蓝色的乌云恰似一堆沉重的庞然大物，遮蔽了整整半边天空。

　　在残阳不祥的余晖下，万物都已隐蔽起来……万物都显得疲惫无力。既听不见，也看不见任何一只鸟儿的踪影。连麻雀也躲藏了起来。只有近处一片孤零零的牛蒡的大叶子在顽强地叨叨絮语，啪啪作响。

　　田塍上艾蒿的气息多么强烈！我望着蓝色的庞然大物……心中一片茫然。"快来吧，快一点！"我忖道，"闪起来吧，金色的蛇，震颤起来吧，雷电！移动起来吧，滚滚翻动起来，化作倾盆大雨吧，可恶的乌云！这叫人心烦难耐的状态，该结束了！"

然而乌云丝毫未动。它依然压迫着无声的大地……只不过仿佛膨胀起来，变暗了。

这时在乌云清一色的蓝底上有什么东西开始隐现，从容而平稳；那东西简直像一块白手帕或一个小雪球。那是一只白鸽从村庄的方向飞来。

它一直飞，飞，始终笔直、笔直地飞……然后隐没在树林后面。

稍稍过了一会儿，还是静得可怕。但是你看！已经隐隐约约地出现两块"手帕"，两个小雪球在往回疾飞，那是两只鸽子正平稳安详地飞回家去。

此时暴风雨终于发作起来——热闹场面开始了！

我总算赶回了家。狂风呼啸，疯狂地发出回响；棕红色的云团低压着大地，仿佛被撕成了缕缕碎片，飞也似的飘忽而去；一切都开始打转，混合在一起；大雨倾盆，抽打下来，摇摇晃晃，有如一根根垂直的柱子；电光耀眼，仿佛一片片火光闪闪的树叶；雷声隆隆，时断时续，犹如大炮的轰鸣；闻得到硫黄的气息……

但是屋檐下，天窗的边上，并排停着两只鸽子——正是飞去召唤伙伴的那一只和被它领回家，也许是被救了命的那另一只。

两只鸽子都竖起了羽毛，每一只凭自己的翅膀感觉得到相邻的那只的翅膀……

它们心里定然很高兴！望着它们我心里也挺高兴，虽然我只是一个人，就如一直以来那样只是一个人。

1879 年 5 月

明天！明天！

几乎任何一个成为昨天的日子都是那么空洞，既无聊，又不值一提！它留下的痕迹竟如此稀少！流光飞逝，日复一日，多么无谓，多么糊涂！

与此同时，人却希望生存下去；他珍惜生命，他寄希望于生命，于自身，于未来……哦，他有几多幸福期待于未来！

然而为什么他认为其余未来的日子就同这刚过去的一天不一样呢？

这一点他想也没有想。他根本不愿意思索——却干得很好。

"明天就好啦，明天！"只要这个"明天"还没有将他推入坟墓，他就这样宽慰自己。

但是如果进了坟墓——你会停住思索，这可由不得你喽！

1879 年 5 月

大 自 然

　　我梦见自己走入一座筑有轩敞拱顶的地下殿堂。整座殿堂充满了某种也属于地下的均衡的光线。

　　殿堂的正中坐着一个身穿绿色波形花纹衣服的傲慢女人。她俯首斜倚在一只手臂上，似乎正在沉思。

　　我立刻明白这个女人就是大自然——刹那间一种虔敬的恐惧之情像一股冷气沁入了我的心灵。

　　我走近坐着的女人，恭恭敬敬地向她行了个礼：

　　"呵，我们的万物之母！"我大声说，"你在想什么？你可在思索人类未来的命运？是不是在思考人类如何到达尽可能完善和幸福的境界？"

　　女人徐徐地用她深色威严的眼睛看着我。她的嘴唇微微动了一下，发出一个类似铁器叮当碰撞的洪亮声音。

　　"我在考虑如何让跳蚤的腿的力量更大些，好让它逃脱敌手的攻击。攻击和反击之间的平衡破坏了……应当让它恢复起来。"

"怎么？"我嗫嚅着应声说，"原来你想的是这件事？难道我们人不是你可爱的孩子吗？"

　　女人微微蹙了蹙眉头：

　　"所有的造物都是我的孩子，"她说，"我一样给予关怀，也一样予以毁灭。"

　　"可是善……理性……正义……"我又嗫嚅着说。

　　"这是人类的语汇，"铁一般的声音说，"无论是善是恶……我可不知道。理智对我来说并非信条——再说什么叫正义？我给予你生命，我也夺取生命，将它给予别的，给蚯蚓或者人……对我来说是一码事。你眼下还是先保护自己吧……别来烦我！"

　　我曾想反驳，但是四周的大地沉闷地呻吟起来，抖动了一下——于是我醒了。

1879 年 8 月

"绞死他！"

　　"这件事发生在 1805 年，"我的一位老相识开始说，"奥斯特里茨战役①发生前不久。我在其间任军官的那个团驻在摩拉维亚②。"

　　"严禁我们骚扰和欺压当地百姓；虽然我们也算作是他们的盟友，但是他们仍然对我们侧目而视。

　　"我有一个勤务兵，原是我母亲的农奴，名叫叶戈尔。他为人诚实、温和；我从小了解他，对他像朋友一样。

　　"就这样，一次我住的那家屋子里爆发出一阵吵骂和哭闹声：房东太太的两只鸡被偷了，她咬定是我的勤务兵偷了鸡。他申辩一番后就把我叫去作证人……'他怎么会偷呢，他，叶戈尔·阿夫塔莫诺夫！'我劝说房东太太要相信叶戈尔说的是实话，但是她什么话也听不进。

　　"突然沿街传来整齐的马蹄声：是司令官带了手下的一班人

① 1805 年 12 月 2 日拿破仑在奥斯特里茨大败俄奥联军。
② 摩拉维亚，捷克地名。

马来了。

"他身体肥胖虚弱，垂头丧气，带穗的肩章低垂到胸口，骑马走着慢步。

"房东太太一见到他，便奔向前去拦住了马头，扑通一声跪倒在地，她一副痛不欲生的样子，头上什么也不戴，开始大声控诉起我的勤务兵来，一面用手指着他。

"'将军先生！'她喊道，'大人！请评评理吧！帮帮我！救救我！这个士兵抢了我的东西。'

"叶戈尔站在屋子的门口，双手下垂身体挺直，手里拿着军帽，连胸也挺出了，双脚并拢，俨然一个哨兵，可就是一句话也不说！他大概被站在马路中央的这位将军和手下的一班人吓蒙了，或者被灭顶之灾惊呆了——我的叶戈尔只知道站着眨眼，面如土色！

"司令官漫不经心、郁郁不乐地瞥了他一眼，气呼呼、闷声闷气地说了一声：

"'嗯？——'

"叶戈尔像个木偶般地站着，龇着牙！从侧面看去，他的样子像在笑。

"这时司令官一字一顿地说：

"'绞死他！'他往马的腰部推了一下，又继续走开了——开头还是慢步走，然后便快速小跑起来。一班人马也跟着他快跑起来；只有一个副官骑马转过身来，向叶戈尔扫了一眼。

"不服从命令是不可能的……叶戈尔当即被抓了起来，送去就刑。

"这时他完全呆了，只吃力地大声喊了一两遍：

"'老天！老天！'然后轻声说道，'上帝看见——不是我！'

"跟我告别时他非常伤心地哭泣起来。我绝望了。

"'叶戈尔！叶戈尔！'我喊道，'你怎么一句话也不对将军说呢？'

"'上帝看见，不是我。'可怜人哽咽着又说了一遍。房东太太本人也吓坏了。她怎么也没有想到会有这么可怕的决定，这回轮到她大哭了！她开始央求所有人，向一个个人恳求宽恕，要大家相信她的鸡都找回来了，说她自己愿意去把事情说清楚……

"当然，这一切毫无用处。先生，军人就是秩序！纪律！房东太太越来越大声地号哭起来。

"叶戈尔已向神甫作了忏悔并领了圣餐，对着我说：

"'长官，请告诉她，叫她别伤心……我已经宽恕了她。'"

我的老相识重复了他仆人的这句话，接着轻轻说道："叶戈罗什卡，亲爱的，真是一个好人啊！"说着泪珠沿着他苍老的面颊滚落下来。

1879 年 8 月

105

我 会 怎 么 想

　　当我已到大限之期，我会怎么想，——只要我那时还有思考的能力？

　　我会不会想，我没有好生利用自己的一生，在昏昏而睡、浑浑噩噩中虚度了此生，不知道享受生命的馈赠？

　　"怎么，已经到了死亡的时刻？这么快！不可能！须知我还什么也来不及做好……我刚打算做啊！"

　　我会不会回忆既往，仔细回想一下我所度过的为数不多的几个光明的片刻，回想我亲爱的人物与面容？

　　我的记忆里会出现我做过的那些蠢事吗——那姗姗来迟的悔恨引起的剧烈愁苦会袭上我的心头吗？

　　我会不会想，棺材里等待我的是什么……而且那边是不是有什么东西在等候我？

　　不……我依稀觉得我会努力不去思考——我会强制自己去做某种荒诞无聊的事，但求将我的注意力从前方正变得越来越黑的黑暗中摆脱出来。

　　曾有一个临死的人当我的面抱怨人们不愿给他吃炒熟的核桃……但是在他暗淡下去的眼睛深处，有东西在挣扎、颤动，仿佛受了致命重伤的鸟的断翅那样。

1879 年 8 月

"玫瑰多美丽，多鲜艳……"

　　某地，某时，很久以前，我读过一首诗①。这首诗不久就被我遗忘了，但是第一行却留在了我的记忆里：

　　　　玫瑰多美丽，多鲜艳……

　　现在是冬季；严寒使窗玻璃蒙上了一层霜花；幽暗的屋子里燃着一支蜡烛。我坐着，蜷缩在一角，可是脑海里一个声音还在回响又回响：

　　　　玫瑰多美丽，多鲜艳……

　　我发现我坐在郊外一座俄罗斯房屋低低的窗前。夏季的黄昏悄悄溶化，转入夜晚；温暖的空气里飘逸着木樨花和椴树花的香气；

---

① 指俄国诗人米亚特列夫的诗《玫瑰》。

而窗台上则坐着一位少女，她身子支在伸直的手臂上，头颅偏向一个肩膀，斜着，默默而专注地望着天空，似乎在等待首批星星的出现。那沉思遐想的双眸是何等天真无邪、富有灵感，那大张着似在询问的嘴唇是何等质朴动人，那尚未充分发育、尚未受过任何惊扰的胸脯的呼吸是何等均匀平稳，那豆蔻年华的面容是何等纯洁温柔！我不敢上前和她说话，但是她对我是多么亲切，我的心跳荡得多么激烈！

玫瑰多美丽，多鲜艳……

屋子里越来越暗……结了灯花的蜡烛颤动着，摇曳不定的烛影在低低的天花板上游动，墙外，严寒正在吱吱作响，作威作福——于是我仿佛听到有老人在单调地窃窃私语：

玫瑰多美丽，多鲜艳……

我面前又出现别的形象……听得见乡间家庭生活欢乐的喧哗。两个有着淡褐色头发的小脑袋彼此靠在一起，闪闪有神的眼睛活泼地望着我，红通通的脸蛋微微颤动着，露出有克制的笑容，两双手亲切地彼此交叉在一起，年轻温厚的嗓音彼此争先恐后地说着话；不远处，一间安适的房间里面，另一双也是年轻的手，十指来回交错，在一架老式钢琴的琴键上快速移动——而拉奈尔的华尔兹舞曲竟压不倒家传的茶炊的叨叨絮语：

　　　　玫瑰多美丽，多鲜艳……

　　烛光渐渐暗淡下去，正在熄灭……是谁在那里这么嘶哑、低沉地咳嗽？一条老狗，我唯一的伙伴，身子变成一圈半圆，瑟缩着，在我脚边发抖……我感到冷……我身上发冷……他们都死了……都死了……

　　　　玫瑰多美丽，多鲜艳……

1879 年 9 月

海上航行

　　我乘一艘不大的汽轮从汉堡去伦敦。乘客就我们两个：我和一头属于狨类的小母猴；猴子是一个汉堡的商人托运去赠送给他的英国伙伴当作礼品的。

　　它被一根细细的链条拴在甲板上的一张长椅上，惊恐不安地转来转去，像鸟叫一样如怨如诉地发出尖叫。

　　每当我从它旁边经过，它总要向我伸出它那只黑黑冷冷的小手，同时用人一样忧愁的小眼睛看我。我拿起它的手——它便不再尖叫和辗转不安。

　　这是个完全无风的天气。茫茫四顾，大海犹如一张铺开的铅灰色桌布，纹丝不动。大海看上去并不大，上面笼着浓雾，一直遮挡了桅杆的端顶，它那无形的昏暗使眼睛看不清楚，使目力感到疲劳。在这昏暗中太阳仿佛一个淡红色的斑点悬挂在空中；而到傍晚时分，那昏暗又开始变红，显现出神秘而可怕的红色。

　　长长的、笔直的波纹，宛如一块沉重的丝绸上的皱褶，一条接一条地从船头奔涌而来，在不断变宽、起皱又变宽的过程中终于舒展开来，摇晃着，消逝了。搅起的水沫在单调的啪啪作响的水轮下打转，泛起乳白的颜色，无力地唑唑作响，分为一道道蛇形的水流——而后又汇合在一起，为昏暗所吞没，同样消逝而去。

船尾的一只铃铛凄凉地叮当响个不停，那声音比猴子的尖叫好不了多少。

有时一只海豹浮出水面，又陡直地扎进水里，在刚刚有点掀动起来的水平面下消失。

船长，一个沉默寡言的人，晒黑的脸上一副闷闷不乐的样子，抽一管短烟斗，气呼呼地往凝滞的海里吐唾沫。

对于我所有的问题，他一概用简单生硬的牢骚来回答；我只好身不由己地去招呼我那唯一的旅伴——猴子。

我在它旁边坐下；它已不再尖叫，又向我伸过手来。

静止的雾将它那催眠的湿气侵袭到我们俩身上，我们都沉浸在一种相同的无意识的思绪中，像亲人一样彼此相处在一起。

现在我脸上绽出了笑容……但是此时我却别有一番滋味在心头。

我们都是同一个母亲的孩子——所以我心里非常愉快，因为可怜的小动物那样信任地安静下来，像对亲人一样靠到了我的身上。

1879 年 11 月

H.H.

　　你优雅、安静地走过人生的路途，没有眼泪，没有笑容，只有在淡漠地注意某一件事时脸上才稍露表情。

　　你善良而聪慧……你对一切人都视同陌路，——你不需要任何人。

　　你美貌绝伦，但是谁也不会说：你是否珍视自己的美貌？你自己对人漠不关心，也就不要求他人的关心。

　　你目光深邃——却缺乏沉思，在这明眸的深处竟空空如也。

　　就这样，在阴间的极乐世界里——在格鲁克[①]旋律优美乐音的伴奏下——无忧无虑而又落落寡合地走过优雅的身影。

1879 年 11 月

[①] 格鲁克(1714—1787)，德国作曲家，18世纪歌剧改革者之一。作品有歌剧《奥菲欧》《阿尔切斯特》《帕里斯与海伦》等。上文的"极乐世界"指《奥菲欧》中的第二幕，故事在阴间展开，伴以鬼怪的合唱。

留住！

留住！我现在看见你是什么样子——你就按这个样子永远留在我的记忆里！

最后一个充满灵感的声音从唇间脱口而出，双眼无神又无光——由于幸福，由于意识到你所表现出来的美而陶醉，那双眼睛感到羞怯难堪而黯然失神了，你伸出得意而疲惫的双手，仿佛在追寻那美的踪迹！

那洒向你全身的肢体，洒向你衣衫每一个微小褶裥的，比阳光更细腻、更纯洁的是怎样的一种光？

用爱抚的吹拂使你披散的鬈发向后飘逸的是哪一位神灵？

是他的亲吻在你大理石般白皙的前额印下热烈的红晕！

正是它——无人不晓的秘密，诗歌、生命、爱情的秘密！正是它，是它——永生不朽！再没有其他的不朽——也不需要，在这一瞬间，你是不朽的。

这一瞬间将会过去——你又成为一撮灰烬，一个女人，一个孩子……但这与你有什么关系！在这一瞬间，你变得崇高了，你超越一切转瞬即逝的过眼云烟。你的这一瞬间永远不会终结。

留住！让我也加入你的不朽之中吧！让你永恒的反光也映入我的灵魂里来吧！

1879 年 11 月

修道士

　　我认识一个修道士，是个隐修者，圣徒。他生活的唯一乐趣就是祈祷——当他陶醉其间时，他会在教堂冷冰冰的地板上站立很久很久，站得膝盖以下的腿部都肿了，像两根柱子一样。他感觉不到两条腿，依旧站着，祈祷着。

　　我理解他——也许我还羡慕他，但愿他也理解我，并且不指责我——不配领略他欢乐的我。

　　他达到了消灭自我，消灭自己那个可恶的**我**字的境界。但是须知我的不祈祷，也不是出于自爱。

　　我的**我**字对于我，较之他的我字对于他，更为难受，更为讨厌。

　　他找到了忘却自我的办法……须知我也在找，虽然不那么经常一贯。

　　他不说谎话……可我也不骗人。

1879 年 11 月

咱们再较量一番！

有时多么微不足道的一件小事也会改变整个人！

一次我脑子里浮想联翩，在一条大街上行走。

窒闷的预感压抑着我的胸口；一种沮丧的情绪左右着我。

我抬头看去……我的前方，两行高高的白杨树之间，大路似箭一般伸向远方。

离我十步远的地方，整整一窝麻雀跳跳蹦蹦地鱼贯而行，正从这条路上横越而过；它们闹闹嚷嚷、欢天喜地、充满自信，在明亮夏日的映照下显得金光灿灿！

尤其是其中的一只，一直横着身子挤呀挤，嗉囊鼓得大大的，放肆地叽叽叫个不停，一副天不怕地不怕的样子！简直就像一个占领者！

与此同时高高的天空有一只鹞鹰正在盘旋，也许正是这位占领者注定要做它的美餐。

我看了一会儿，大笑起来，精神为之一振——于是忧郁的心绪顿时烟消云散：我感觉到的是大胆、勇敢、生的乐趣。

但愿我的头顶也盘旋着我的鹞鹰……

"咱们再较量一番，见鬼去吧！"

1879 年 11 月

祈 祷

    无论一个人祈祷什么，他祈祷的总是奇迹。任何一种祈祷都可归结为下面这种意思："伟大的主啊，请别让二乘以二等于四！"

    唯有这样的祈祷才是真正的祈祷——即人对人的祈祷。向无所不在的神灵祈祷，向至高无上的存在祈祷，向康德、黑格尔那种净化、无形的上帝祈祷，不可能也难以想象。

    但即使是个别的、活生生的、有形的神，能做到二乘以二不等于四吗？

    任何一个信徒必须回答：能！而且必须说服自己相信这一点。

    但是如果理智起来反对这样的无稽之谈呢？

    这时莎士比亚会来助他一臂之力："世间有许多事，霍拉旭朋友……"[①]等等。可是假如有人为了真理而提出异议，——他应当重复一个著名的问题："什么是真理？"

[①] 源自莎士比亚悲剧《哈姆雷特》第一幕第五场，作者所引不很确切。中文版朱生豪译本是这样的："霍拉旭，天地之间有许多事情，是你们的哲学里所没有梦想到的呢。"俄文版不止一个译本，帕斯捷尔纳克的译文与朱生豪的译文相吻合。

因此，让我们饮酒，纵乐和祈祷吧。

1881 年 6 月

俄罗斯语言

　　在疑虑重重的日子里，在忧心忡忡地思考祖国命运的日子里，唯有你才是我的依靠和支柱，哦，伟大、有力、公正与自由的俄罗斯语言！如果没有你，目睹国内发生的一切，怎能不陷于绝望？然而不可能相信，禀赋这样一种语言的不是一个伟大的民族！

1882 年 6 月

第二部分

相　遇

（梦）

　　我做了个梦：我走在广袤无垠、毫无遮掩的草原上，遍地都是大块大块有棱有角的石头，头顶上是黑压压、低沉沉的天。

　　石块之间有一条小径蜿蜒而过……我在小径上行走，不知自己走向何方，为何而行……

　　突然我前面窄小的路上出现了一件东西，像一片薄薄的云……我凝目而视：云片变为一个女子，身材苗条，个子高挑，穿一件白连衣裙，腰部束一根亮亮窄窄的带子。她迈着急促的步伐匆匆离我而去。

　　我没有看见她的面容，也没有看见她的头发：脸部和头发都被一块波形花纹的布巾遮掩起来了；然而我整个心灵却紧紧地跟随着她。我觉得她很漂亮，可亲又可爱……我一定要赶上她，想看一眼她的脸……她的眼睛……哦，是的！我希望看见，我应当看见这双眼睛。

但是不管我走得有多快，她走得比我还要快，所以我追不上她。

就在这时小径上当路出现了一块平坦宽阔的石头……石头挡住了她的去路。

女子在石头面前停住了……于是我便奔上前去。由于兴奋和期待，我的身子在瑟瑟发抖，也不无恐惧之情。

我什么话也没有说……她静静地向我转过脸来……

可是我仍然没有看到她的眼睛。眼睛是闭上的。

她的脸白白的，白白的……像她的衣服一样白；没戴手套的双手纹丝不动地垂着。她似乎整个儿都僵住了；这个女子从整个身躯到脸部的每根线条，都像一尊大理石雕像。

她徐徐向后躺倒在那块平坦的石板上，没有弯曲任何一节肢体。

一眨眼我已和她并排躺在一起，背部向下，全身挺直，仿佛墓盖石上的浮雕；我的双手如祈祷一般放在胸前，我觉得我也僵住不动了。

过了不多一会儿……那女子突然起身走了。

我想冲过去追她，但是我丝毫动弹不得，分不开紧紧合拢的双手，只能眼巴巴地目送她离去，心头说不出的惆怅。

这时她猛然回过头来，于是我看见了她生气勃勃、富于表情的脸上那双晶莹明澈、炯炯有神的眼睛。她用那双眼注视着我，笑了起来，只见嘴唇上挂着笑，却没有笑声。"起来，"她说，"到我这儿来！"

但是我依然动弹不得。

这时她又一次笑起来，迅速地远去了，一面快乐地摇晃着脑袋，那头上突然出现了一个用小小的玫瑰花编成的鲜红的花环。

我仍然纹丝不动地躺在我的墓盖石上，一句话也说不出。

1878 年 2 月

我怜悯

我怜悯自己、他人、一切人、兽类、鸟类……一切有生命的物体。

我怜悯儿童和老人、不幸的人和幸运的人……对幸运者的怜悯更超过对不幸者的怜悯。

我怜悯所向无敌、胜利归来的领袖，怜悯大艺术家、思想家、诗人……

我怜悯杀人者和他的牺牲，怜悯丑与美、被压迫者与压迫者。

我如何从这怜悯之心中得到解脱？它搅得我活不下去……搅扰我的除了它——还有穷愁无聊！

哦，愁绪，完全溶进了怜悯之心的愁绪！一个人不可能比这再痛苦了。

最好我能嫉妒……不错！

真的我嫉妒了——嫉妒石头。

1878 年 2 月

127

诅　咒

我读过拜伦的《曼弗雷德》……

当我读到毁在曼弗雷德手里的女人的灵魂暗暗诅咒他的那一段时，我感到一阵哆嗦。

请记住："叫你夜夜不得入眠，叫你可恶的灵魂永远感到我无形地跟随着你，始终缠着你不放，叫你的灵魂成为你自己的地狱。"

但到这时我想起了另一件事……一次在俄国，我目睹了一件发生在两个农民——父亲和儿子——之间激烈的纠纷。

最后儿子对父亲进行了不堪忍受的侮辱。

"诅咒他，瓦西里依奇，咒他这个天杀的！"老头的妻子喊了起来。

"好吧，彼得罗芙娜。"老头声音嘶哑地回答，一面大大地画了个十字，"让他也生个宝贝儿子，会当着自己母亲的面往父亲的花白胡子上吐唾沫！"

儿子张大了嘴，两脚发虚，摇摇晃晃，脸色铁青，出门去了。

我觉得这句咒语比《曼弗雷德》里的咒语还要可怕。

1878 年 2 月

孪生兄弟

我见过一对孪生兄弟的争吵。他们两人仿佛两颗水珠，处处一模一样：面部容貌、表情、头发的颜色、个子、体格——但是彼此的仇恨不共戴天。

他们一模一样地一发怒便要抽筋。两张像得出奇的面孔彼此靠得很近，一模一样地充血发红；从扭歪得一模一样的嘴里，用一模一样的喉音吐出一模一样的骂人话。

我忍不住了，便拉起一个人的手，把他带到镜子面前对他说：

"你最好在这里对这面镜子吵架吧……这对你没什么区别……可是我却不会那么心惊肉跳了。"

1878 年 2 月

鸫鸟（一）

我躺在床上，但是我睡不着。重重心事折磨着我；郁郁不乐、单调得令人厌倦的思绪在我脑海里徘徊，犹如阴雨天气里沿湿漉漉的山顶不停飘移的连绵不绝的云雾。

啊！当时我正陷入无望、痛苦的爱情，唯有在尝够多年的风霜寒冷以后，才会那样去爱；到那时，那颗心虽然未曾受到生活的摧残，却已经……不再年轻！不是的……就算还年轻一些，也是没有用的，也是毫无结果的。

竖在我面前的窗户的形状像一个白茫茫的影子，屋里的一切陈设隐隐约约能够辨认；在夏日凌晨模糊不清、半暗不明的状态下它们似乎更加安宁、更加寂静了。我看了看表，三点差一刻。同样能感知窗外也是一片沉寂……还有露珠，整整一片露珠的海洋！

而在这露海之中，花园里，正对我的窗下，一只黑鸫已经在歌唱，在啼啭，在啁啾欢歌——不知停息、放开歌喉、充满自信。

婉转动听的鸟语钻进我寂然无声的房间，充溢了整间屋子，充溢了我的耳际和我那被百无聊赖的失眠与病态思绪的痛苦搅得烦躁不安的头脑。

这些鸣声道出了永恒，点滴不遗地道出了永恒的清新、恬淡和力量。我从中听出的正是大自然的声音，是那个动听悦耳、毫无意识、永无始终的声音。

它歌唱，充满自信地放声歌唱，这只黑鸫；它知道，按照通常的规律，终古常新的太阳不久将喷薄而出；它的歌声里没有丝毫自己的、私有的东西；它就是那只黑鸫，那只一千年之前曾经欢迎同一个太阳，而且再过几个一千年还将欢迎的黑鸫，到那时我死后留下的一切也将化作看不见的尘埃，在它活泼有声的身体周围，在被它的歌声震起的气流中滚动。

我，一个可怜、可笑、坠入爱河、单个的人，对你说：谢谢你，小鸟儿，感谢你充满力量、充满自由的歌声，在那个寂寥寡欢的时刻意想不到地在我窗下响起。

它不是在安慰我——我也不寻求慰藉……但是泪水湿润了我的双眼，于是心头那种凝滞不动、死一般的重压感，开始松动，一时间有点振奋起来。啊！那也是一个生命呀，它和你欢乐的歌声相比，不也一样年轻而精力充沛吗，黎明前的歌手！

再说，在我周围寒冷的波涛已从四面八方滚滚涌来，不是今天就是明天，要把我卷入无边无际的海洋，在那种时候值得忧伤、苦闷、思考自己吗？

眼泪还在流淌……我那亲爱的黑鸫却还若无其事地继续唱它那悠然自得、幸福、永恒的歌曲！

哦，终于升上天空的太阳在我发烫的面颊上照亮了多少眼泪啊！

但是白天我依然笑容满面。

1877 年 7 月 8 日

鸫鸟（二）

我又躺在床上……又是辗转难眠，又是沉浸在那样一个夏日清晨的氛围之中；又在我的窗前，有一只黑鸫在歌唱——而心里又有同样的伤痛在烧灼。

然而鸟儿的欢歌未能使我觉得轻松——我所思考的并非自己的伤痛。折磨我的是另外一些无以数计的巨大伤口；亲人宝贵的血液正从这些伤口涌出一股股鲜红的血流，徒然地、无谓地流淌，正如雨水从高处的屋檐落到泥泞、污秽的街上。

我成千上万的弟兄、同胞正在那里牺牲，在远方，在那无法接近的城堡的高墙下；被那些昏庸无能的长官们投入死神血盆大口的弟兄有成千上万。[①]

他们毫无怨言地死去；葬送他们的人不知忏悔；他们既不怜惜自己，昏庸无能的长官们对他们也不知怜悯。

[①] 指俄土战争行将结束的1877—1878年间的情况，其时俄军已开始从战区后撤，由于指挥失误，伤亡惨重，尤其是在保加利亚境内围攻普列文一役。

这里既没有人无辜屈死，也没有人因罪赴死：那是打谷机在敲打一束束谷穗，是瘪是饱——让时间来证明吧。

我的伤痛算得了什么？我的痛苦又何足挂齿？我甚至没有勇气哭泣。但是头脑在发烧，心里闷得发慌——于是我像个罪人一样把头藏进了讨厌的枕头。

热乎乎、沉甸甸的液滴涌出来，流经我的面颊，流经我的嘴唇……这是什么？是泪……还是血？

1877 年 8 月

无家可归

我到哪里栖身？我该怎么办？我像一只无巢栖身的孤鸟……它蓬开羽毛缩头蜷身，停在一根光秃秃的枯枝上。留下来既然难受，要飞又向何方？

于是它张开翅膀，犹如一只被鹞鹰惊起的鸽子，笔直地向远方疾飞而去。会不会在哪里出现一个可以栖止的绿色角落，能否在什么地方构筑一个哪怕临时的小巢？

鸟儿飞了又飞，仔细俯视着下方。

它的下方是一片无声无息、静止不动、死气沉沉的黄色荒漠。

鸟儿加速飞行，越过荒漠——继续仔细而忧伤地俯视下方。

它的下方是一片与荒漠一样死气沉沉的黄色海洋。不错，海在喧响、掀动，但是在波澜无休无止的轰鸣与单调的摇摆中同样没有生命，同样无处栖身。

可怜的鸟儿飞累了……它翅膀的扇动已经逐渐减弱；它越飞越低。它该向高空升飞……但是在那深不可测的高空却无法筑巢！……

　　它终于垂下两翼……带着长长的哀鸣落进大海。

　　波涛将它吞没……向前方卷去，依然无谓地喧响不停。

　　我究竟该栖身何方？是不是我也该——落进大海了？

1878 年 1 月

酒　杯

　　我觉得可笑……我为自己感到惊奇。

　　我不是故作愁态，我确确实实活得沉重，愁绪满怀，寂寥无欢。
这时我便竭力使自己的感情带一点光明色彩，披一件漂亮的外衣，
我寻找形象与比喻；我修饰我的语言，以用词的铿锵有韵与和谐
协调沾沾自喜。

　　我如同一个雕塑家，如同一个珠宝匠，努力地塑造、镂刻，
千方百计地修饰那只酒杯，在那只酒杯里给自己奉上一杯毒药。

1878 年 1 月

谁的过错

　　她向我伸来她那温柔白皙的手……我却严厉而粗暴地将它一把推开。

　　年轻可爱的脸上露出困惑的神色，年轻善良的眼睛含着责备的目光望着我，年轻纯洁的灵魂对我的举动无法理解。

　　"我做错了什么事？"她的双唇在轻轻说话。

　　"你的过错吗？连居住在天堂深处最辉煌的地方的最光明的天使也比你更可能犯错误。"

　　反正你在我面前犯的过错大得很呢。

　　你想知道它吗，这严重的过错？那种过错你是理解不了的，而我也是解说不清楚的。

　　若论过错，那就是：你是青春；而我是暮年。

1878 年 1 月

生活准则

你想保持心境宁静吗？和人们广结善缘，却孤身独处，什么事也别着手去干，对什么也不要后悔。

你想幸福吗？首先得学会受苦受难。

1878 年 4 月

爬　虫

　　我见过一条被砍成两段的爬虫。

　　它浑身沾满了自己分泌的脓血和黏液，还在抽搐，颤巍巍地昂起头，吐出芯子……它还在威胁……有气无力地威胁。

　　我读过一个声名狼藉的末流作家的小品。

　　他被扔进了他自己所做坏事的污秽里，被自己的口水呛得透不过气来，他也在抽搐，也在装腔作势……他提到了"决斗"，——他提议用决斗来洗刷自己的名誉……自己的名誉！！！

　　我想起了那条被砍断的爬虫和它无力的芯子。

1878 年 5 月

作家和批评家

作家坐在他书房的书桌前。突然，批评家走进来找他。

"怎么！"他大声说，"我写了文章抨击您，写了那么多大文章、小品文、短文、通讯，在这些文字里我像二二得四那样简单明了地证明您没有，也从来没有过任何才能，证明您甚至连母语也忘得一干二净，证明您是个出了名的大草包，而今已经才思枯竭，成了一个窝囊废，在这一切种种之后您还在耍笔杆，搞创作？"

作家平静地转向批评家。

"您写了许多文章和小品文来攻击我，"他回答说，"这件事是毋庸置疑的。可是您知道一个关于狐狸和猫的寓言吗？狐狸尽管诡计多端，照样被抓住；猫只有一招：上树……狗却逮不到它。我就是这样。为了回答您的所有文章，我只在一本书里就把您描绘得淋漓尽致了。我在您聪明的脑袋上戴了一顶小丑帽子——您戴着它在后代面前就可出尽风头了。"

"在后代面前！"批评家哈哈大笑，"您的书仿佛能传至后世似的？再过大约四十年，充其量五十年，这些书就谁也不会去念它了。”

“我同意您的说法，”作家回答，“不过能这样我已经心满意足了。荷马让他的忒耳西忒斯①遗臭万年；可是像您这帮人有半个世纪也就足够了。您连说着玩儿的'永垂不朽'也不够格。再见吧，先生……敢问是否要道出您的大名？怕未必需要……没有我已经人人在叫了。”

1878 年 6 月

---

① 忒耳西忒斯，又译"瑟息替斯"，是希腊神话中古希腊军的普通一兵。他由于在特洛伊城下的军队会议上同阿伽门农及其他将领争辩而遭痛打。荷马在《伊利亚特》中把他描绘成饶舌、凶狠、丑陋的可笑人物。在近代文学作品中仍保留这种形象。

与什么人争论

　　如果与比你聪明的人争论：他会胜过你……然而正是从你的失败里你获取了对自己有益的东西。

　　如果与和你智力相当的人争论：不管哪一方得胜——你至少领略了战斗的欢乐。

　　如果与最弱智的人争论……即使你不是出于取胜的愿望去争论，但是你会使他得到益处。

　　如果哪怕与笨蛋争论：你既得不到荣誉，也得不到益处，但是有时候为什么不去寻寻开心呢？

　　只是别与弗拉基米尔・斯塔索夫①争论！

1878 年 6 月

---

① 弗・斯塔索夫(1824—1906)，俄国艺术与音乐评论家、艺术史家，1900年起为彼得堡科学院名誉院士。

"哦，我的青春！哦，我青春的容颜！" ①

"哦，我的青春！哦，我青春的容颜！"我曾经这样感叹。

但是在我发出这样的感叹时，我自己正当青春年少，风华正茂。

当时我只不过想借愁自娱自乐——表面上是顾影自怜，暗地里却自得其乐。

如今我沉默不语，对于那已经失去的东西的痛苦我也不说出口……它们就这样经常不断地折磨着我，无声地折磨。

"唉！最好别去想它！"农民们这样劝解说。

1878 年 6 月

---

① 此句引自果戈里的《死魂灵》，但是引得不确切，当为："哦，我的少年时代！……"

致 ***

　　那不是啁啾不停的燕子，也不是欢天喜地的家燕在用坚固的细嘴敲啄坚硬的山岩，为自己营造小窝……

　　那是你渐渐地学会了和一个难对付的别人的家庭和睦相处，而且感到自由自在，我那善于忍耐的聪明女性！

1878 年 6 月

我走在高高的山间

我走在高高的山间，

沿着山谷，沿着光明的河边……

不论我把目光投向何方，

万物的诉说都一模一样：

有人爱上我！我掉进了爱河里！

我便把其余的统统都忘记！

头顶的天空阳光正灿烂，

沙沙的树林里鸟儿唱得欢……

连乌云也兴奋地列队成行，

欢天喜地飞向他方……

幸福的气氛洋溢在四周，

我的心于幸福又有何求！

带我飞驰的是滚滚波浪，
浩浩荡荡像波涛的海洋！
我内心是一片宁静，
有胜于痛苦与欢欣……
我刚开始在认识自我：
那整个世界属于我！

为什么我不死在那个时候？
为什么我们两人活在尔后？
物换星移……春来冬去——
岁月却未留下任何赠予，
即便是比那愚蠢陶醉的时日
稍为幸福、光明的点点滴滴。

1878 年 11 月

沙　漏^①

时光的流逝日复一日，无踪无迹，单调而迅疾。

生命开始可怕地急疾奔流——急疾而无声，宛如瀑布下面湍急的水流。

它的流逝均衡而平稳，仿佛死神的幽灵用它骨瘦如柴的手握着的沙漏里的沙流。

当我躺在床上，黑暗将我团团围住的时候，我总是感觉到，正在逝去的生命在发出这个微弱而从不间断的沙沙声。

我并不后悔它的流逝，也不后悔我本可以再完成一些事……我感到可怕。

我仿佛感到：我的床边站着这个凝滞不动的身影……它一手拿着沙漏，另一手高高举在我心脏的上方……

---

① 沙漏，古代的一种计时器。

我的心在胸膛里颤动、搏击，似乎想匆匆地敲完它最后的鼓点。

1878 年 12 月

沙漏有什么象征意义？

当我不复存在的时候……

当我不复存在的时候，当曾经是我的一切化为灰烬的时候，哦，你，我绝无仅有的朋友，哦，我曾经如此深情、如此温存地爱过的你，哦，也许会比我活得长久的你，——请别到我的墓地去……你在那里无事可做。

别忘了我……但是在你每天操心、快乐和需要的时候也别怀念我……我不想干扰你的生活，不想给它平静的流动增添麻烦。

然而在一个人独处的时候，当我们两颗善良的心如此熟悉的那种羞羞答答、无缘无故的忧愁袭上你心头的时候，从我们喜爱的书里拿出一本，从中找出那些书页，那些字行，那些语汇，你记得吗？——往往由于这些东西，我们两人曾经一下子涌出甜蜜和无言的泪水。

念完它，闭上眼，把手伸给我……把你的手伸给一位已不在人世的朋友。

我将无法用我的手来握它——我的手将纹丝不动地安卧在地

下……但是我现在高兴地想到，也许你会在自己的手上感觉到轻轻的触碰。

我的面影将出现在你眼前，而在你闭合的眼皮下将淌下眼泪，仿佛我们在受到美丽之神感动时曾经流淌过的那种眼泪，哦，你，我绝无仅有的朋友，我曾经如此深情、如此温存地爱过的你！

1878 年 12 月

我在夜间起床……

　　我在夜间起床……我依稀觉得有人在呼唤我的名字……就在黑魆魆的窗外。

　　我把脸孔贴在玻璃上，耳朵也贴上，凝目注视——开始等候。

　　但是窗外只有树木在沙沙作响，声音单调而含糊不清，那满天雾茫茫的阴云虽然在移动、不停地变幻，却依然如故，不多不少……

　　天上没有一颗星星，地面没有一盏灯火。

　　那里乏味而难熬……就如这里，我的心里。

　　然而蓦然间远处某个地方响起一个凄婉的声音，那声音逐渐变响、接近，传来了人的声音，然后逐渐变轻，越来越轻，迅速从旁边疾驰而去。

　　"别了！别了！别了！"我仿佛感觉到那逐渐变轻的声音在说。

　　啊！这是我既往的一切，是我的全部幸福，是我曾经做过、爱过的一切，一切——永久地、一去不返地和我告别！

我躬身行礼，送别我逝去的生活，然后躺到床上，仿佛进入墓穴一般。

啊，但愿进入墓穴！

1879 年 6 月

当我一人独处的时候

（同形体）

当我一人独处的时候，彻底、长久地一人独处的时候，——我突然开始感觉到同一个房间里有另一个人，他就和我并排而坐，或站在我背后。

当我向着我觉得那个人所在的方向突然转过身去或凝目望去的时候，我当然什么人也没有看到。那种他就近在咫尺的感觉消失了……但是稍过一会儿，那种感觉又恢复了。

有时我双手捧着头，开始思索这个人。

他是什么人？他是干什么的？他对我来说并非外人……他了解我，我也了解他……他似乎是我的亲人，然而我们两人之间却隔着深不可测的鸿沟。

我既不期望听到他的一丝声息，也不期望听到他的只言片语……就如他的凝滞不动一样，他同样是哑口无言的……然而他又在对我说话……说着某种听不清楚，听不明白，却是熟悉的东西。

他了解我的全部秘密。

我并不害怕他……但是和他一起感到不自在，而且不愿意有这样一个窥知我内心生活的人……与此同时我从他身上却感觉不到独立的、自外于我的另一个人的存在。

莫非你是我的同形体？莫非你是那往昔的我？丝毫不爽：难道我记忆中的那个自我与眼下的我之间不是整整隔着一道鸿沟？

但是他的来临并非根据我的指令——他似乎有自己的意志。

老弟，在孤独无聊的讨厌的寂静中，无论你我都无欢乐可言！

可是你等着吧……一旦我死去，我和你——我那往昔之**我**和眼前之**我**将融为一体，我们将永久地飞逝而去，化作一去不返的影子。

1879 年 11 月

通向爱的道路

能够通向爱，通向炽烈情爱的有一切情感，一切：憎恨、怜悯、冷漠、敬仰、友爱、恐惧——甚至蔑视。

是的，一切情感……只有一种例外：感激。

感激是一种债务；任何一个诚实的人都编扎自己债务的木筏……然而爱却不是金钱。

1881 年 6 月

说空话

对于说空话，我既然害怕，也就极力避免；但是怕说空话又是一种自命不凡。

就这样在两个外来词——自命不凡和说空话^①——之间，我们复杂的生活一直在不停地滚动、摇摆。

1881 年 6 月

---

① 俄语中"说空话"（Фраза）和"自命不凡"（претензия）分别来自古希腊语和中世纪拉丁语。

朴 素

朴素！朴素！你的名字听来何等神圣……然而"神圣"两字却不关人类的事。

谦虚也就是那么回事，谦虚压制和战胜骄傲。可是别忘记：胜利的情绪本身就包含了自己的骄傲。

1881 年 6 月

婆罗门

　　婆罗门望着自己的肚脐，反复念诵一个词："噢姆！"——以此向神灵靠近。但是就以这个肚脐而言，在人的全身是否存在某种比它不太通神的东西，某种比它更能联想起人生须臾之叹的东西？

1881 年 6 月

你哭泣起来

你为我的苦痛哭泣起来；由于同情你对我的怜悯，我也哭泣起来。

但是你也是为自己的苦痛哭泣起来的；只不过你在我身上看到了自己的苦痛。

1881 年 6 月

爱　情

　　大家都说：爱情是最崇高、最非凡的情感。别人的那个**我**深入到你的那个**我**中：你扩大了，同时你也被破坏了；你只有到现在才开始生活，而你的那个**我**却消亡了。但是，即使这样的死亡也会激怒一个有血有肉的人……唯有不朽的神才会复活……

1881 年 6 月

真 理 与 实 话

"您为什么那么珍视灵魂的不灭呢？"我问。

"为什么？因为那时我将会拥有永恒的、无可置疑的真理……而依我的理解，这也就是至高无上的快乐。"

"指拥有真理？"

"当然。"

"对不起，您能不能设想下面这样一个场景？几个年轻人聚在一起谈天说地……突然闯进一个他们的同伴：他的两眼闪烁着不同寻常的光芒，兴奋得喘不过气来，连说话都勉强。'怎么回事？怎么回事？''我的朋友们，你们听我说，我发现了什么！什么样的真理！入射角等于反射角！或者还有：两点之间最短的距离是直线！''真的吗？哦，多大的快乐！'所有的年轻人大声喊道，一面感动得相互拥抱起来！您无法设想类似的场景，是吗？您觉得好笑……事情就是这样：真理不可能带来快乐……但是实话却能够。这是人类的、我们人间凡世的事……真实与正义！为了说实话就是死我也甘愿。全部生活建筑在对真理的认识上；但是'拥有真理'又是怎么回事？而且还要从中寻找快乐？"

1882 年 6 月

山　鹬

躺在病床上，受着持久、无可救药的疾病的折磨，我想道：我用什么来赎这份罪？为什么受惩罚的是我？我？竟是我？这不公平！不公平！

于是我脑海里浮现出下面的景象……

整整一窝年轻的山鹬——有二十来只——聚集在收割过的稠密的庄稼地里。它们彼此紧紧靠在一起，在松软的土里掏挖觅食，很是幸福。突然猎狗将它们惊起——它们步调一致，一下子飞了起来；枪声响了，其中一只山鹬被打断一只翅膀，身负重伤，跌落下来，艰难地拖着爪子，躲进艾蒿蓬里。

在猎狗寻找它的时候，不幸的山鹬也许同样在想："咱们（同我一样的）共有二十只……为什么偏偏是我，是我中弹，应当去死呢？为什么？在我其余的姐妹面前我凭什么要受这份罪？这不公平！"

躺下，病人，趁着死亡还在寻找你。

1882 年 6 月

NESSUN MAGGIOR DOLORE [①]

　　湛蓝的天空，如羽毛一般轻盈的浮云，花香，年轻嗓子甜美的声音，伟大的艺术作品光彩夺目的美丽，迷人的女性脸上幸福的微笑，还有这双神奇的眼睛……为什么，为什么要有这一切？

　　每隔两小时一匙难闻、无益的药剂——这就是，就是需要的东西。

1882 年 6 月

---

① 意大利语，按这里的字面直译为："没有更大的痛苦。"系引自但丁《神曲·地狱篇》（朱维基译，上海译文出版社，1984 年版）第五歌 121 行。与此行有关的诗句是：她对我说："在不幸中回忆幸福的时光，没有比这更大的痛苦了；这一点你的导师知道。"

掉到车轮下

"这些呻吟算什么？"

"我难受，难受得厉害。"

"你听到溪水碰到石头的潺潺声吗？"

"听到……可是提这个问题干吗？"

"因为这潺潺的水溅声和你的呻吟声同样都是声音，别的就什么也没有了。只不过溪水的潺潺能叫有的人听来悦耳，而你的呻吟却不可能引起任何人的怜悯。你忍不住要呻吟，但是要记住：这仍然是声音，如同树木摧折一样的声音……是声音，别的什么也不是了。"

1882 年 6 月

哇……哇！

那时我住在瑞士……我很年轻，也很自负，而且非常孤独。我觉得活着心里不轻松，也没有欢乐。虽然我还没有品尝过人生的滋味，却已经感到苦闷、沮丧，而且动怒生气。我觉得人间的一切似乎都不值一提，庸俗不堪，于是就像经常发生在一些年纪很轻的人身上的情况那样，我暗暗怀着一种幸灾乐祸的心理，萌生一种自杀的念头。"我会向你们证明……我要报仇……"我脑子里常想。但是要证明什么？为什么报仇？这些连我自己也不知道。我身上只是血液在冲动，就如封闭的容器里的酒一样……而我却感到应当让酒流到外面来，把拥挤的容器打碎……拜伦是我的偶像，曼弗雷德①是我的英雄。

一天晚上，我像曼弗雷德一样打定主意到山顶去，到冰川以上、

---

① 曼弗雷德是英国诗人拜伦的诗剧《曼弗雷德》中的主人公，是一个身居阿尔卑斯山深处古堡中的神秘人物，他有广博的知识，能呼唤精灵，却求速死。

远离人群的地方，到植物也不生长、只堆着没有生命的岩石的地方，到任何声音都凝绝不响的地方，到连瀑布的咆哮也听不见的地方去！

我打算在那里干什么……我不知道……也许是自寻短见？！

我出发了……

我走了好久，先走大路，然后走小道，越走越高……不断往上登。我早已经过最后的几间小屋，最后的几棵树木……四周都是岩石——只有岩石，虽离我不远，已看不见的积雪却向我送来凛冽的寒气。黑夜的阴影犹如一团团黑色的云雾从四面八方向我包抄过来。

我终于停住不走了。

多么可怕的寂静！

这是死亡的王国。

这里只有我一个人，唯一的一个活人，连同我那目空一切的苦痛、绝望、鄙视……只有一个逃离生活、不愿生活的有意识的活人。一种隐隐的恐惧使我呆住了，但是我却想象自己很伟大！……

做个曼弗雷德，这就足够了！

"一个人，就我一个人！"我反复说，"就我一个人面对面地向着死亡！是不是时辰已到？对……时辰已到。别了，微不足道的世界！我要将你一脚踢开！"

忽然，就在这一刹那，一个奇怪的、我一时搞不清楚、然而却是活的人的声音传到了我的耳际，我身子一颤，竖起耳朵听着……那声音又重复了一次……对，这是……这是一个婴孩，一个吃奶的婴孩的啼哭！在这样荒无人烟、远隔尘寰的高处，看似一切生命早已永远死绝的地方，竟然还有婴孩的啼哭？！

我的惊愕突然被另一种感情所取代，被气喘吁吁的喜悦感所取代……于是我连路也不看，箭一般地向着这个声音，向着这个虚弱、哀怜，然而是救命的哭声直奔而去！

不久，在我眼前闪现出一点摇曳的灯火。我跑得更快了，不一会儿就见到一座低矮的简陋小屋。这小屋是用石块垒成的，盖着低矮的平屋顶，是阿尔卑斯山的牧人栖身用的，他们一住就是几个星期。

我推了推半掩的门，就这样冲进了小屋，仿佛死神追着我的脚跟赶来似的……

一个年轻女子缩身斜靠在一张长椅上，正给婴儿喂奶……牧人，想必是她丈夫，坐在她身边。

他们两人出神地盯着我看……但是我什么话也说不出来，我只是微笑点头……

拜伦，曼弗雷德，自杀的幻想，我的孤高自傲，我的自命不凡，你们都到哪儿去了？……

婴儿还在啼哭——而我则祝福他，祝福他的母亲，也祝福她的丈夫……

哦，刚刚降生的人的啼哭，你拯救了我，你医治了我！

1882 年 11 月

我的树

　　我收到当年大学时期一个同学的信，他是个有钱的地主，贵族。他邀我到他的领地去。

　　我知道他早就得了病，眼睛也失明了，患上了瘫痪症，连走路都困难……我便去看望他了。

　　我见到他是在他家宽广的庭园里，一条林荫道上。虽然夏日炎炎，他却身裹大衣，一副病病歪歪佝头偻背的样子，眼睛上方还张着绿色阳伞。他坐在一辆小轮椅里，由两个身穿华丽制服的下人在后面推着……

　　"欢迎您，"他用快进棺材的声音说话，"在我的世袭领地，在我的百年老树的绿荫下！"

　　在他头顶上方，一棵有上千年树龄的强壮橡树张开了如盖的浓荫。

　　我想道："哦，千年巨树啊，你听见了吗？这样一个在你根

须边蠕动的半死不活的蛆虫居然说你是他自己的树！"

　　然而，就在这时乍起一阵微风，犹如一阵细浪滚滚袭来，掠过巨树繁茂的枝叶，发出沙沙的声响……于是我仿佛觉得老橡树在用善意而轻轻的微笑回答我的思想，也回答病人的大话。

　　　　　　　　　　　　　　　　　1882 年 11 月

　　　　　　　　　　　　　　　　（全文完）

"成长读书课"分级阅读书目

一年级上

| 林焕彰 | 《不睡觉的小雨点》 |
| 〔苏〕阿·托尔斯泰 | 《拔萝卜》 |

一年级下

| 冰心、金波等 | 《和大人一起读诗》 |
| 林颂英 | 《小壁虎借尾巴》 |

二年级上

严文井	《"歪脑袋"木头桩》
陈伯吹	《一只想飞的猫》
孙幼军	《小狗的小房子》
金近	《小鲤鱼跳龙门》
〔德〕埃·奥·卜劳恩	《父与子》
张秋生	《妈妈睡了》

二年级下

张天翼	《大林和小林》
洪汛涛	《神笔马良》
〔苏〕瓦·卡达耶夫等	《七色花》
〔印〕泰戈尔	《愿望的实现》
冰波	《大象的耳朵》
冰波	《蓝鲸的眼睛》
金波	《古古丢先生的遭遇》

三年级上

吴然	《抢春水　珍珠泉》
〔德〕格林兄弟	《格林童话》
〔丹麦〕安徒生	《安徒生童话》
汤素兰	《开满蒲公英的地方》
张秋生	《小巴掌童话》
王一梅	《书本里的蚂蚁》
叶圣陶	《稻草人》
冰心	《寄小读者》
〔日〕新美南吉	《去年的树》
〔俄〕米·普里什文	《金色的草地》
郭风	《搭船的鸟》

四年级上

郑振铎	《希腊神话与英雄传说》
葛翠琳	《野葡萄·山林童话》
〔俄〕屠格涅夫	《麻雀》
叶至善	《一只窝囊的大老虎·失踪的哥哥》

四年级下

张天翼	《宝葫芦的秘密》
贾兰坡	《爷爷的爷爷哪里来》
高士其	《高士其科普童话故事》
〔苏〕伊林	《十万个为什么》
李四光	《穿过地平线》

五年级上

〔法〕季诺夫人	《列那狐的故事》
郭沫若	《白鹭·天上的街市》
黄蓓佳	《亲亲我的妈妈》
黄蓓佳	《你是我的宝贝》

许地山　　　　　　　　　　《落花生·空山灵雨》
梁启超　　　　　　　　　　《少年中国说》
黄晖　　　　　　　　　　　《非洲民间故事》
叶圣陶　　　　　　　　　　《牛郎织女》
李唯中　　　　　　　　　　《一千零一夜》

五年级下

赵丽宏　　　　　　　　　　《童年的河》
萧红　　　　　　　　　　　《呼兰河传》

六年级上

王愿坚　　　　　　　　　　《灯光·小游击队员》
李心田　　　　　　　　　　《闪闪的红星》
管桦　　　　　　　　　　　《小英雄雨来》
老舍　　　　　　　　　　　《草原·北京的春节》
鲁迅　　　　　　　　　　　《呐喊》
〔意〕亚米契斯　　　　　　《小抄写员·爱的教育》

六年级下

黄蓓佳　　　　　　　　　　《今天我是升旗手》
黄蓓佳　　　　　　　　　　《我要做好孩子》

七年级上

鲁迅　　　　　　　　　　　《朝花夕拾》
林海音　　　　　　　　　　《城南旧事》
冰心　　　　　　　　　　　《繁星·春水》
〔美〕海伦·凯勒　　　　　《假如给我三天光明》
沈从文　　　　　　　　　　《湘行散记　新湘行记》
孙犁　　　　　　　　　　　《白洋淀纪事》
〔俄〕屠格涅夫　　　　　　《猎人笔记》

七年级下

〔奥地利〕茨威格	《人类群星闪耀时》
茅盾	《林家铺子·白杨礼赞》
老舍	《骆驼祥子·猫》
宗璞	《紫藤萝瀑布》
〔法〕儒勒·凡尔纳	《海底两万里》

八年级上

朱自清	《荷塘月色·背影》
〔法〕玛丽·居里	《居里夫人自传》
〔法〕亨利·法布尔	《昆虫记》
〔美〕蕾切尔·卡森	《寂静的春天》

八年级下

〔法〕罗曼·罗兰	《名人传》
朱光潜	《给青年的十二封信》
鲁迅	《故乡：鲁迅小说杂文精选》
〔苏〕奥斯特洛夫斯基	《钢铁是怎样炼成的》
〔美〕奥尔多·利奥波德	《沙乡年鉴》

九年级上

艾青	《艾青诗精选：黎明的通知》
徐志摩、海子等	《希望·一代人：现当代新诗选》

九年级下

丁立梅	《小扇轻摇的时光 丁立梅纯美青春散文》
〔英〕乔纳森·斯威夫特	《格列佛游记》

*蓝色为待出版图书